VTuberなんだが配信切り忘れたら伝説になってた8

七斗 七

ファンタジア文庫

3359

口絵・本文イラスト　塩かずのこ

いい先輩や（例の酒関連以外）
もうベテランの風格なの
感慨深いんじゃあ
新しい時代の始まりだ
宮内匡
VS
心音淡雪
#アンチライブオン
VTuberなんだが
配信切り忘れたら
伝説になってた[7]

いままでのあらすじ

99,999,999,999回視聴・2023/06/20 ❤9999 💔 155

シュワちゃん切り抜きch
チャンネル登録者数 17.5万人

登録済み

☆☆☆☆☆ VTuberなんだが配信切り忘れたら伝説になってた7巻　読了

五期生デビュー回ということで、一冊通して五期生の紹介でした。

まず1人目はアンチライブオンの宮内匡。

アンチを採用という予想外の人選でしたが、実はクソザコや思春期だったりでバランスを取っていましたね。

晴との対談を見るに、まだまだこれからといった印象もあるので期待です。

２人目は記憶喪失？のダガー。

開幕の言動から厨ニキャラなのかと思いましたが、どんどん設定からボロが出ていき……。

特にフードを取った姿はイラストの力も合わさって非常に好印象でした。……ライブオンってかわいくてもよかったんですね。

最後の３人目は宇宙人のチュリリ。

もう宇宙としか言いようがありません。ここまで理解が及ばないのはこのシリーズにおいても初めてでした。

ですが、他の五期生との関わりの中で不器用でツンデレな一面が見えたりと、イロモノというだけでは無さそうです。

個性の暴力ながら集まれば一体感もある五期生。今後どのようにライブオンに馴染んでいくのか、続けて見守っていきます。

総評ですが、星0になります（スト〇〇だけにwwwwwwwwwwwwwww）

第一章

バレンタイン企画チョコ作り対決

「バレンタインチョコ作り対決！　ここに開幕ぅぅぅ‼」

まるで料理番組に使われるかのような豪勢なキッチンを背にそう宣言した晴《はれる》先輩を、私、ネコマ先輩、エーライちゃん、ダガーちゃんの4人は呆然《ぼうぜん》と眺めていた。

ある日、『ライブオンじゃんけん大会』という企画がネット上で開かれた。

本当にただライブオンのライバーがじゃんけんをするだけであり、その様子を配信することもなかったし、変わった点と言えば晴先輩のみしかいない一期生を除く各期生で分けられての勝負であったくらい。ただじゃんけんをしてその結果がネットで報告される、それだけの地味な企画。

だが、私たちはこの勝負に普段は珍しいくらい本気で挑んでいた。

そのわけは企画説明ページに書かれたこの一文。

『各期生で最下位になった人は特別な企画にご招待‼』

よりにもよって『最下位』の人を『特別な企画』に『ご招待』――猛烈に嫌な予感しかしない。

恐らくこの文面を見た全てのライバーが『よく分からんけど負けられないのは分かった』と、そう思っただろう。

その日から私は修行の旅に出た。配信を開きリスナーさんとも協力し、どうしたら最もじゃんけんに勝てるかを徹底的に研究した。

たかがじゃんけん、されどじゃんけん――対戦相手となる各同期の性格の分析から導き出した読み、かたったーでの発信を利用したブラフ、そして終《しま》いにはメンタリズム。

「シュワちゃんを思い浮かべてください。スト〇〇ですね？　これがメンタリズムです」

：おお⁉⁉

：まじか、おいまじかよ！

：心が——読まれただと——

：土足で、人の心に入るな！

：これもうア〇ニャじゃん！

：ア〇ニャスト〇〇が好き！

　そしていざ決戦の日——修行の成果、勝ちたい想《おも》い、リスナーさんとの絆《きずな》、全てを己の拳に乗せ、幾多の勝負の末、私に企画の招待状が届いたわけである。

　全敗であった。

　招待状に書かれていた指定の住所に向かう。事前に結構な長丁場になるとだけ知らされていた。専用の会場で長丁場、明らかに並の規模じゃない……。

　まず受付を済ませてライバー用待機室に行くと、そこには見たことのない人が居た。五期生以外は既にオフでも顔見知りの為《ため》、この子が五期生の最下位枠であったダガーちゃんだと察した。

　流石《さすが》にアバター程ではないもののちんまくてかわいらしい人だ。私を前にガチガチに緊張していたので、出来る限り優しくこちらから声を掛けてあげた。

「初めまして！　心音淡雪《こころねあわゆき》こと田中雪《たなかゆき》です！」

「は、ははははは初めまして！　五期生の姫川和《ひめかわのどか》と申します！」

「ダガーちゃん！　まさか記憶が⁉」

「ダガーと申します‼」

「いい子いい子」

その後、二、四期生の最下位枠であるネコマ先輩とエーライちゃんも無事到着した。

そしてダガーちゃんの緊張がある程度解ける程打ち解けたところでそれぞれのマネージャーさん（私の場合は鈴木《すずき》さんだ）がやってきて、そろそろ時間なので会場に案内しますと私達に告げた。

てくてくとマネージャーさん達の後ろを付いていく。恐ろしいことにここまで来ても企画の説明は一切無しである。最下位だったからには何か罰ゲームでもあるのだろうと皆揃《そろ》って予想しているので、足取りが重いったらありゃしない。

そして案内された会場に広がっていたのは——それはそれは立派なキッチンスタジオであった。

「お、来たね！　待ってたよー」

せっせとスタッフさん達に交じり現場の準備を手伝っていた晴先輩がこちらに気づく。

「早速だけどもうすぐ配信回しちゃうから、そっちも準備よろしく！」

「「「え⁉」」」

ほぼ開口一番にそう言われて驚いたが、私、ネコマ先輩、エーライちゃんの3人はすぐに調子を配信モードに切り替える。配信という単語を聞かされた瞬間からライバー状態、もう職業病のようなものだ。ダガーちゃんも一歩遅れて準備を進めた。

そして全ての準備が終わったところで、配信の枠が始まり――


――そして冒頭のシーンへと繋《つな》がるわけだ。

「企画説明！　ここに先日開かれたじゃんけん大会で各期生最下位になった選ばれしライバーが揃っています！　事前情報無しで集められた彼女達にはここで手作りのチョコを作ってもらい、審査員の私こと朝霧《あさぎり》晴がそれを審査します！　ちょっと早めのバレンタイン企画というわけさ！」

：始まった！

：おお！　そういう感じか！

：ええやん！

：特別企画と聞いて

：思ったよりまともで驚いてるのは俺だけか？

ライバーモードになったとはいえ、私が心音淡雪であることに変わりはない。聞かされた企画内容に呆然としてまともにリアクションを取ることすら出来なかった。

私がこうなった理由――それは、勿論《もちろん》突然チョコを作ってと言われた困惑も少なからずあるが、それ以上に、え、それだけでいいの？　という困惑が強かった。

これこそ職業病なのかもしれないが、最下位でしかもここはライブオンである以上、阿《あ》鼻叫喚《びきょうかん》必至な企画にぶち込まれるかと思っていたのだが……対決とか言ってるけどつまりこれって皆でほのぼの仲良くチョコ作ろうねってことだよね？

他の３人も私と似たような心境なのかリアクションに困っている。

「ふっふっふ、まぁ勿論それだけだとつまらないので！」

あっ、どうやら困る必要は無さそうである（絶望）。

「今から４人には紙を渡すので、それに必要な材料を書いてもらいます。相談などは禁止で制限時間は10分！　書いてくれた材料はスタッフが今から全速力で揃えてくるので、その材料のみを使ってチョコを自作してね！　ちなみに『スマホ等《など》の情報源を見ることは一切禁じます』！」

……あぁ、なるほどそういうことか。

結局のところ、これってつまり。

「さぁ、ここに集まったライバーはレシピ等一切無しでどこまで美味《おい》しいチョコを作れるかな？」

本当に今の時点での知識量で勝負が始まってるってことか——

「注意事項として、チョコを溶かして固めただけとかの手抜きは手作りと認めません！　あと、出来る限りスタッフを気遣って揃えやすい材料で作ってね。必要な調理器具とかはびっくりするほど揃ってるからそこは心配いらないよ、流石キッチンスタジオ！」

純粋な今までの人生のお菓子作り経験値が試されるわけだな。

全員がゴクリと息を呑《の》む。

「それじゃあ……楽しくメルヘンなチョコ作りを始めましょー！」

「材料問題ないね？　細かな時間制限はないけど、まぁ冷やす時間等を抜いて一時間ちょいまでには仕上げてねー」

必要な材料を書いた紙をスタッフさんに渡すと、買い出し係さんがショップに待機していたのか、ものの十数分くらいで各々《おのおの》の材料は揃った。

「それじゃあ――チョコ作り始め！」

晴先輩の掛け声に合わせて、早速最下位組が揃って動き出す。

４人が同時に調理をしても手狭に感じない程広いキッチンなのがありがたい。えっと、まずはこれをボウルに移してー。

材料を記入している時に頭の中で立てたプラン通りに進めていると、晴先輩が覗《のぞ》いてきた。手にはスマホを持ち、カメラを起動しているようだった。なぜだか聞くと、撮った写真を定期的に配信画面に載せることで経過をリスナーさんに報告するらしい。

「それにしてもあれですねー」

「んー？」

最初こそ緊張があり言葉数が少なかったが、数分も経《た》てば慣れてきたので、調理の片手間にこちらから晴先輩に話しかける。

「対決って聞いて少しビビりましたけど、思ったよりは平和な企画ですよね。てっきり罰ゲームでもやらされるのかと」

「誰も罰ゲームなんて言ってなかったでしょ？」

「それはそうですけど……」

「ちなみにこれ公式の企画だから当然皆に報酬も出るからね」

「最下位とは思えない待遇！」

「事前に最下位の人達を特別な企画にご招待って言ったでしょ？　なんも嘘《うそ》ついてない！」

「なるほど……つまり私達は最下位であっても敗者ではなかったわけですか」

「ちなみに一番美味しかった人のチョコは数量限定で作り方を再現しての商品化が予定されてるから」

「「「え!?」」」

話していた私以外も思わず振り向いて驚きの声をあげた。

「実は元々全員分のコンセプトのバレンタインチョコを作ろうかって案があったんだけど、ちょっと食品系は売った前例が無いからぶっつけ本番は怖くてな……来年のバレンタインは全員分やりたいって思ってるから、今年はその実験でもあるんだよ。でもただ試すだけじゃつまらないから、今回の企画を開くことになったわけだ」

そんな経緯が……やばい、また緊張してきた……。

他の皆は何を作っているのだろうか？　気になりちょっと様子を確認してみる。

……あれ？

皆せっせと手を動かしている中、ただ1人ダガーちゃんだけが手元の材料を見ながらうーんと何か悩んでいた。

大丈夫かな？　私も自分の調理があるけど、こういう企画慣れてないだろうし、先輩としてサポートしてあげよう。

ルール的に調理法のアドバイスは出来ないが、会話で緊張を解くくらいなら出来るかな。

「ダガーちゃんは何を作るんですか？」

「いやなー師匠。かっこよく本格的なビターチョコを作りたいんだけど、このカカオ豆をどう溶かすべきか悩んでてな……」

「……カカオ豆を溶かす？」

言われた意味が分からずダガーちゃんの近くにまで寄って手に持っている材料を見せてもらうと、それは本当にカカオ豆であった。アーモンドみたいなあれだ。

これを……溶かす？　飾り付けに使うのならまだ分かるが溶かすってなんだ？

「……ちなみに、他の材料って何があるんですか？」

「へ？　これだけだけど」

「……え？」

ダガーちゃんがそう言った瞬間、ライバーどころかスタッフさんなども含めたその場に居たほぼ全ての人達の注目を集めた。
そして最初は驚きだった皆の表情は無言の時間が流れる度に変貌していき、そして最終的には――

『――嘘だろお前――』

皆の表情は切実にそう告げていた。ただ1人、ダガーちゃんの材料調達係だったスタッフさんだけが全てを諦めたような笑みを浮かべている。

「え、あれ？　み、みんなー？　そんな顔してどうしたの？　……あ、あれ？　俺、なんかまずっちゃった？」

明らかな空気の変化を感じ取って、徐々に狼狽《うろた》え始めるダガーちゃん。
師匠として、私は静寂を破り、弟子へと語り掛ける。アドバイスは禁止だが、流石《さすが》にこの状況ではツッコミみたいなものだしセーフだろう。

「ダガーちゃん……一応聞きますけど、チョコレートはないんですか？」

「いや、だからここにカカオが……ビターチョコってカカオ豆をそのまま溶かして固めたものじゃないの？」

「ダガーちゃん、確かにチョコレートの原料はカカオ豆です。でもね、そこから本当に大変な手間をかけてチョコレートは作られているんですよ」

「ぇ……じゃ、じゃあ豆だけじゃチョコって出来ないの？」

「一応近いものは出来ます、でも少なくとも1時間じゃ似たものすら出来ないかと」

「ミルクじゃなくてビターだよ？」

「大して変わりません。あと、たとえ何とか粉砕してチョコに近づけることが出来たとしても、大量に砂糖でも入れない限りビターなんてレベルじゃない苦さで美味しくないです」

「……………………。」

「い」

「い？」

「いっけねー記憶喪失なとこ出ちゃったなー！　記憶喪失だからチョコの作り方とか覚えてなかったわー！　あっちゃー！　やっちゃったなー！　そっかーそうだったのかー！うんうん！　そういえばそうだった気もしてきたわー！」

それは、見事なまでの半泣きであった。

「……あわっち、やばいかも」

「どうしました晴《はれる》先輩？」

「今のナイフちゃんの情けない姿見てると……めっちゃ興奮してきた、変なドアを開いちゃいそう」

「晴先輩、知らないんですか？」

「な、何を？」

「ロリの涙目震え声でしか摂取できない栄養があるんですよ」

「あわっちのもう手遅れの顔を見て、私はドアを開くのを踏み留まることが出来たのであった」

：wwwwwww

：バレンタインにカカオ豆を渡してくるヤベーやつ

：義理チョコならぬギリ（ギリ）チョコってな

：はいこれチョコ！　言っとくけどギリだから！　（義理とギリを）勘違いしないでよね！

：そんなものそもそも渡すな！

：ギリギリすら怪しいぞこれ

：あれ？　他に材料ないならこれ詰んでね？

：スタッフにカカオ豆パシらせて報酬貰《もら》って帰る新人現る

‥初めて記憶喪失を信じそうになった瞬間である

「うわあぁぁん‼　そもそも苦いの苦手なのにかっこつけて変なことしてごめんなさいいいいいいぃぃぃ‼‼」

その後、せめて少しでも豆を食べられる状態にしようと特別アドバイスを貰い、せっせと豆をフライパンで炒《い》り始めたダガーちゃんなのであった。

「あわっちは何作ってるのー？」

ダガーちゃんの悲しいミスで開幕から手が止まってしまったが、改めて皆調理を始める。

私は生クリームを火にかけようと鍋に注いでいたのだが、晴先輩はその動作が気になったようで、質問をしながら写真をパシャパシャと撮ってきた。

「私は生チョコを作ろうと思っています」

「生チョコ！」

ふっふっふ、そう、これぞ私が悩んだ末に選び抜いたこの企画を突破するレシピなのだ。

まず私は料理ならそこそこ出来るがお菓子作りはほぼ経験が無い。てか、お菓子作り面倒過ぎる、こんなの作ることそのものが趣味な人くらいしか続かないんじゃないの……？

だが、そんな私でもこの生チョコは作った経験があった。なぜなら簡単だったから。基本的にチョコを温めた生クリームと合わせて型に入れ冷やし、ココアパウダーなどの粉を振りかければそれっぽくなるこの生チョコ。偶然余った生クリームの消費法として作ってみたのだが、思った以上に美味しく出来て自分でも驚いたものだ。

そして！　この企画に生チョコを選んだのにはもう一つ大事な理由がある！

それは『全く知らない人から見たらおしゃれに見える』から！

そう、この生チョコ、絶妙なネーミングや特殊な口触り、洗練された見た目から、何も知らない人にとっては手の込んだレベルの高いお菓子に見えるのだ！

料理が出来てお菓子まで作れる女を嫌いな男なんていないでしょ！　ここで評価を爆上げして面白女の清楚《せいそ》ギャップでリスナーさんをメロメロにしちゃおうって寸法よ！

遂《つい》に清楚がギャップになっちゃった！　元は清楚そのものだったはずなのにね！　あははは！

……まぁそんなわけで、簡単な作業なのがバレないようにところどころカッコつけながら進めていこう。そう、今の私の姿はまるで一流パティシエ。

次は火を点《つ》けまして一。

「なるほど！　実は簡単に作れるのに知らない人から見たらおしゃれに見えるこの企画を

勝つのにピッタリの生チョコを選ぶなんて、流石あわっちだ！」

「もう作るのやめるうううううぅぅぅ‼‼」

私は調理を投げ出しキッチンの隅に飛び込んだ！

「なんで考えてたこと全部言っちゃうんですか⁉　もうどれだけ上手に作っても計算高い嫌な女になっちゃったじゃないですか‼」

「ご、ごめん、あまりにもドヤ顔で調理するから思惑が分かりやす過ぎて言っちゃった」

「言っちゃったじゃないですよ！　分かってたんなら私をもっと料理上手って讃《たた》えろよ！　よいしょしろよ！　清楚にしろよ！　もう私はこんな手でも使わないとリスナーさんから純粋に褒められないんだぞ！」

「だって生クリームを鍋に注ぐ動作すらカメラ意識でうざいくらいかっこつけてやられたらツッコミたくもなるよ！　清楚にしろって言う割にもう作り方が清楚じゃないんだよ！」

「作り方が清楚じゃないってなんだ！　晴先輩のばーか！　あーほ！　まぬけ！」

「悪口のボキャブラリーがナイフちゃん」

「あー？」

「実家で声が低そう！　ＦＥのジ〇イガンポジション！　体細胞コオロギ女！」

「あれ、今メタルキ○グでも倒した？　突然のレベルアップでボキャブラリーがジャックナイフちゃん並みに……」
「それ誰ですよ～？」
「ああごめん、今の君はボスだったね」
「私は過去にジャックナイフと呼ばれたこともないし今がボスでもないのですよ！」
：ばれっばれやん
：危うく騙《だま》されかけたわ……
：ダガーちゃんの「あー？」で救われる命がある
：もう騙そうとしてる時点で清楚ではないのでは？
：清楚とは内面からにじみ出るものである
：すっごい高いところから生クリーム落としてたんやろうなって
こんなはずじゃ、こんなはずじゃなかったのにぃ！
勝ちを狙った一流パティシエモードが裏目に出たか……もっと普通に作れば晴先輩も見逃してくれたかもしれないのに！
「まぁまぁ淡雪《あわゆき》ちゃん、ネコマは生チョコいいと思うぞ」
ネコマ先輩がわざわざ傍《そば》に来て慰めてくれる。落ち込んでる時は傍にいてくれる優しいネコさんだ。

「にゃ。きっと晴先輩だって淡雪ちゃんが作る生チョコ食べたいはずだにゃ」

「うんうん！　食べたい！」

「……本当ですか？」

「しかもさ、よく考えてみな？　ダガーちゃんなんてカカオ豆だぞ？」

「それもそうですね！」

「師匠（ガーン）⁉」

そう聞くと俄然《がぜん》元気が出てきた。うんうん、まだ負けたって決まったわけでもないしな。作れないよりはよっぽどいいわけだし。

再びコンロの前に立つ。ダガーちゃんもそうだったがかっこつけると大抵ろくなことにならない、今度は粛々とやろう。

「……大変だあわっち」

「え？　どうしましたか？」

「どうやらあわっちだけじゃなくシュワッチのチョコも見たいってコメントが多数流れているみたいなんだ」

「ええ……なんですかそのリクエスト……」

「何か作れないか？」

「ええ⁉　今からもう一品ってことですか⁉」

「簡単なものでいいからさ！　無理かな？」

急に言われても……いや、まぁなんとかなるか。

「なんだったら材料追加で買い出しに行っても」

「いや、大丈夫ですよ。マネージャーさん！　ちょっと控室にある私のカバン持ってきてください！」

鈴木《すずき》さんがダッシュで持ってきてくれたカバンの中から、一本のスト○○を取り出す。

「……あわっち、なんでカバンにスト○○入ってるの？」

「携帯用スト○○です」

「ギャグ？」

「大真面目ですよ。清楚な私がそんなギャグするわけないでしょう。今日は企画が伏せられていましたから、もし突然シュワになれって言われても対応できるように持ってきていたんですよ」

「驚異的なプロ意識だ！　尊敬だよあわっち！」

「まさかカバンにスト○○を入れることでプロ意識を褒められる日が来るとは思いません

でしたよ。まぁいいです、これと溶かしたチョコを混ぜてカクテルみたいにすればシュワっぽくはなるかと」

「ありがとう！　やっぱりあわっちは頼りになるね！　助かっちゃった！」

ふぅ、なんとかなってよかった。備えあれば憂い無しってね。

一安心と安堵《あんど》の息を吐いた私。しかしそれを見たエーライちゃんがやけにニヤニヤとした表情でこう言った。

「でも、それってほぼスト〇〇だからこちらで商品化は不可能だと思うのですよ～！　ある意味カカオ豆以下なのですよ～！」

「⁉　し、師匠！　まさか俺を気遣って⁉」

「ギャグです！　笑いを取る為《ため》だけに持って来ました！　そーとでーも気持ちよーくなーりたーいな！　はい！　どこでもスト〇〇！　これでこのスト〇〇の出番はもう終わり！　カクテルなんて無かった！　いいですね！」

「師匠（ガーン）⁉」

：全力否定で草

：清楚な私がなんだって？

：**清楚を捨ててカカオ豆に勝った女　￥10000**

：何と戦ってんだよ
：さっきからダガーちゃんがかわいそかわいい
：なんてもん小学生に出してんだこのロボ狸《たぬき》
：秘密道具が毎回スト○○のドラ○もんとか風刺的過ぎる
〈相馬有素《そうまありす》〉：私も参加したかったのであります……
：君はあわちゃんのチョコ食べたいだけでしょ
何を勘違いしたのか感動した様子で私を見てきたダガーちゃんだったけど、ごめん、カカオ豆より下は受け入れられないよ……。
調理過程も中盤に差し掛かってきた頃、私が生クリームとチョコを合わせている時、晴《はれる》先輩は今度はネコマ先輩の手元にカメラを向けていた。
「ネコマーは何つくーるの！」
「お？　気になるか？　晴先輩に喜んでもらう為に気合い入れて作ってるんだぞ！」
「マジ⁉　えー私の為とか嬉《うれ》しくなっちゃうよー！」
「日々の感謝を込めてってやつだぞ！　……でも、困ったことがあってな……」

「お？　どうしたよ？」

「ネコマは猫だからチョコが食べられないんだ。だから人間の晴先輩の口に合うものが出来るか分からなくてな……」

「え、急に猫設定強調してきてどうしたの？　いつも全く気にしないのに……」

「そんなネコマの作るチョコでも食べてくれるか？」

「えぇぇ？　ま、まぁ勿論《もちろん》私の為に作ってくれたものなら喜んで食べるけど？」

「そうかそうか！　じゃあ溶かしたチョコにこのキャットフードを入れちゃうぞー！」

「ちょぉぉぉおおおっと待ったあああああぁぁぁ!?!?」

晴先輩の大声に何事かと驚き顔を向けると、そこではネコマ先輩が湯煎で溶かしたチョコにキャットフード、その中でも所謂《いわゆる》カリカリと呼ばれる物をドバドバと投入していた。

「ななな何やってんのネコマー!?」

「にゃははは！　ネコマのお気に入りフードを晴先輩にも食べてほしくてな！」

「ネコマーがそんなの食べてるとこ見たことないし、そもそも私は人間だよ！」

「でもさっき食べてくれるって言ったよな？　嘘《うそ》ついたのか？」

「いや、だってこうなるとは思わなくて！」

「動物を騙すとか動物虐待だぞ。一期生がそんなことしたらライブオン全体の体裁に大きな悪影響を及ぼすぞ」

「嫌な脅し方してくるなこいつ！」

慌てて止めようとする晴先輩、だがネコマ先輩はむしろその様子を見て楽しんでいるようだった。

やがて晴先輩はその真意に気が付いたようで、ネコマ先輩を睨《にら》みつけ始める。

「ネコマー！　さっき普段はしない猫アピールしてたのはこの為か！　私に牙を剝《む》こうってんだな！」

「にゃははは！　気づくのが遅いぞ天才さんよー！　ネコマはお菓子作りなんてさっぱりだからな！　料理下手を露見して笑われるくらいならゲテモノ食わせて噛《か》みついてやんぜ！」

「くっ！　どうしてしまったんだネコマー！　お前はそんな卑屈な性格じゃなかったはずだ！」

「晴先輩、これはな、復讐《ふくしゅう》なんだよ」

「ふ、復讐？　な、なんのだ？　ま、まさか私は知らぬうちにネコマーに何か酷《ひど》いことを――」

「ス〇ムダ〇ク」

KARI KARI

「へ？」

「前評判からきっとネコマ好みになると思ってたス○ムダ○クの映画が普通にめっちゃ面白かったことに対する復讐なんだよおおぉぉ――‼‼」

「私全く関係ねえええええぇぇぇぇ――‼‼‼‼」

完全なる八つ当たりにもかかわらずネコマ先輩は涙ながらに言葉を続ける。

「薄々ネコマも感付いてたんだよ！　あの天才原作者様が監督までやって変な物って出来るか？　って思ってたんだよ！　なんだよあれ蓋を開けてみればめっちゃ名作じゃんか！　映画館で周りが感動してる中1人宇宙猫みたいな顔だったネコマの気持ちが分かるか⁉」

「いや知らん知らん知らん！　クソ映画は嫌いじゃないけど、あの映画は私原作ファンで感動しながら見てた側だし！」

「きっとこれも最近不憫《ふびん》キャラなんて言われているせいなんだ！　だからここで晴先輩に不憫を押し付けてやるんだぞ！」

「えぇぇ…………」

：そうきたかwww
：公開前は荒れてたよなぁ
：原作知ってる前提ではあったけどよかったよな

：待ち望んでた試合のアニメ化だからね

：まぁ聖《せい》様が来てたら意味深な形のチョコバナナとか出てきただろうからまだましでしょ

¥５００

〈宇月《うつき》聖〉：チ○コバナナってな

：うわっ

：刑務所に帰れ

〈宇月聖〉：まだ捕まってないよ？

：予定はあるのかよ

：シオンママが来てたら乳首にチョコ塗って吸えって言い出すぞ

：ありありのありありのありのありじゃん

はたから聞いていてもここまで同情出来ない供述も珍しい……。

「あれ？」

ふと気になる点が思い当たって私も会話に交ざる。

「でも晴先輩コオロギはなんの抵抗もなく食べていましたよね？　キャットフードくらいよくないですか？」

「えー？　でもあのコオロギは人間が食べる用のやつだよ？　キャットフードは猫が食べ

るものじゃん！」

「⁇　味の問題とかじゃないんですか？」

「だって猫が食べる用の物を人間が食べるのはおかしいじゃん。人間用のキャットフードとかならいいけど」

「⁇⁇　ダガーちゃんのカカオ豆よりも？」

「カカオ豆くらいならいいよ、美味《おい》しくはないだろうけど人間の食べ物だし」

なんだろう、天才独特の感性なのだろうか？　とりあえずコオロギやカカオ豆よりは嫌みたいだ。

「というか、それなら最初から審査員なんてやらなきゃよかったのでは……？」

「一期生だけ企画丸ごと仲間外れはやーだ！」

「さいですか……」

「まぁ心配すんなって、いくらカリカリでもチョコでコーティングして冷やすんだから食えなくはないだろ」

「そうかなー？」

「それにな晴先輩。なんとこのキャットフードはな――」

「なんと――？」

「人間でも食べられる原料で作られている、つまりはヒューマングレードなんだぞ！」

「ヒューマングレードでも人間用ってわけじゃないからな！」

そうツッコミを入れた後、諦めがついたのか息を整え写真撮影へと戻った晴先輩。

「まぁ企画に協力してもらってる身だから許す！　でもさぁ、さっきのカクテルに続きこれも商品化が不可能だよね。なんでカカオ豆が中堅にまで食い込んできてるのか……」

「おい大変だ！　ダガーちゃんが今のを聞いて嬉しくなったのか笑顔でフライパン振り始めたぞ！」

「コラー！　豆が飛び散ってるからやめなさーい！」

慌ててダガーちゃんを止める。調理の進みが遅い……。

「はい！　後は冷やして固めたものをカットして、淡雪《あわゆき》のキャラに合わせて粉糖を振りかければ完成です！」

「お疲れ様ー！　うまく出来てそうだね！」

ワイワイとしながら作っていたこともあって思ったより時間がかかってしまったが、生チョコがほぼ完成した。晴先輩が拍手でのお祝いとねぎらいの言葉を送ってくれる。

ダガーちゃんのカカオ豆の焙煎《ばいせん》も終わり、ネコマ先輩もカリカリ同士が纏《まと》わせたチョコでくっつかないようにするのに少し時間がかかっていたが先ほど私と同じ冷やすだけの段階まで進んだ。

つまりこの3人はほぼ完成、残るは——

「ふぅ、生地のくり抜きまで完成！　つ、疲れたのですよ～」

額に汗を浮かべながらそう言い、一旦手を休めたエーライちゃんのみである。その汗が証明するように、エーライちゃんはサボっていたわけではなかった。むしろ誰よりも集中していただろう、言葉数がいつもに比べて少なかったのもその為《ため》だ。

ならなぜ完成が一番遅れているのか、それは作っているものに理由がある。

エーライちゃんが作っているのは『チョコクッキー』なのだ。オーブンがあるのを見て決めたのだと言う。

聞いた時はそういうのもありなのかとしてやられたと思ったが、今ではよく選んだなと思う。なんというか、私とかと比べてめちゃくちゃ大変そうであった……。

お菓子作りって力仕事でもあるって聞いたことがあったけど、あれって本当なんだね……むしろ遅れているどころかエーライちゃんのフィジカルがあるからこそこのスピードで生地が出来たのだろう。

「最後はこの生地にチョコペンで動物の顔を描いて、それを予熱したオーブンで焼けば完成なのですよ～」

しかもライバーらしい個性まで取り入れるつもりのようだ。生地にチョコを練りこむわけではなくプレーンで作っていたのはこの為か。

私たちが早めに終わっただけで、まだ企画そのものの時間制限には余裕がある。これは完成までいきそうだな。

「さて、描きますか！　……描けるはず……描けるはず……」

あ、あれ？　なんだか呟《つぶや》きが不穏だぞ？

「よっ……ひっ⁉　ふぅ、セーフ……」

たまに不安になる声をあげながらもせっせと描き進めていくエーライちゃん。

その出来は……えっと、頑張っているとは思う。けど、動物に非常に詳しいエーライちゃんが描いたと考えると……なんというか、強くデフォルメされた物であった。

あれだな、意外だけどエーライちゃん、手先を使う細かな作業はあんまり得意じゃないのかもしれないな……。

「めっちゃかわいぃ……」

「ほんと？　よかったのですよ～」

おや？　ダガーちゃんからはかなり好評のようだ。ダガーちゃんはかっこよさを目指している割にはかわいいモノ好きそうだし、ゆるキャラみたいな絵が逆にハマったのかな？

「ふぅ、あと一枚で最後なのですよ！」

「全部描き終わったらリスナーさんに見せるように写真撮らせてね！」

「了解なのですよ～！　そうだ、せっかくだし最後に描く動物はダガーちゃんに選んでほしいのですよ～」

「え、俺が⁉　いいの⁉」

「さっきかわいいって褒めてくれたお礼なのですよ～」

「それじゃあエーライ先輩と言えばのゴリラで！」

「分かったのですよ～！　…………ゴリラ？」

承諾はしたものの、数秒後に真顔で首を傾《かし》げたエーライちゃん。

あぁ、確かに急にゴリラの顔を描けって言われたら他の動物に比べて困るかもしれないな。どうデフォルメすればいいのか分からない。

エーライちゃんは一度ダガーちゃんの方に視線を向けたが、見るからにワクワクしているダガーちゃんの様子を見て覚悟を決めたようだ。

「大丈夫、特徴さえ押さえれば描けるはず……」

まず下書きを跡を付けて描き、納得がいったのか再びチョコペンを構えた。

「…………」

慎重にペンを進める。極限まで集中しているのかその姿には緊迫感すらあった。

「…………出来た！」

今まで描いたどの動物よりも時間をかけて完成されたそれは、確かにゴリラであった。

「おー‼」

聞こえてくるのはそれを見たダガーちゃんの喜びの声。

「ぁ……」

だが、その視線が少しずれたかと思ったら、それは一瞬にして悲しみの声へと変わってしまった。

「クマが……」

「え？　ああ⁉」

エーライちゃんがダガーちゃんの視線の先を確認すると、さっきクマの絵を描いたクッキーの上にべったりと手を置いてしまっていた。

どうやらペンを持っていた手とは逆の体を支えていた手でクッキーを潰してしまったようだ。極限まで集中していたが故に気が付かなかったのだろう。

「…………」

「ぁ、あー……」

無残なクマの姿を見て表情が曇るダガーちゃん。感性豊かなんだなぁ。

その様子を見てエーライちゃんもどうしたらよいのか困ってしまったようで、しばらく視線を漂わせた後、私達の方を向き目で助けを求めてきた。

ふっ、任せてくれエーライちゃん、一発でダガーちゃんの笑顔を取り戻してあげよう。

でも……文句言わないでね？　助けを求めたのはそっちだからね？

というわけで――

「エーライちゃんが――クマを素手で殺した――」

「は、はぁ⁉」

私の発言に目を見開いて驚くエーライちゃん。

「そ、そんなエーライちゃん！　ゴリラを描くのが難しいからって憂《う》さ晴らしで無実のクマを殺さなくてもいいじゃないか！」

「顔面がワンパンで破裂……ボス、やはり貴方《あなた》こそライブオンのボスだ」

「ちょ、ちょっと⁉」

私の意図を理解してか乗ってきてくれたネコマ先輩と晴《はれる》先輩。

それでもエーライちゃんはまだ理解が追い付かないのか非難の目を向けてくる。

そうじゃない、そうじゃないんだよエーライちゃん！

「クマってそれはクッキーの話で！」

「エーライちゃん！　ダガーちゃんを見て！」

「?? あ～……」

「あはぁ～……生の組長ムーブ初めて見た（にぱー）」

そう、ダガーちゃんは記憶喪失の癖にライブオンファンという矛盾生命体！　だからクマを潰してしまったミスもライブオン名物ネタの一つ組長を絡《から》ませてあげれば形勢逆転、笑顔を取り戻してあげることが可能なんだよ！

：え⁉　クマ⁉
：何が起こった⁉
：多分クマの絵を描いたクッキーに何かあったんじゃないかな？
：あー
：いや、今のあわちゃんとかの反応を窺《うかが》うに、お菓子の匂いに誘われてきた野生のヒグマを組長が顔面ワンパンで殺したと俺は推測する　¥893
：それだ

：そういうことか！

：クマが好きそうなキャットフードもあるしな
：クマを素手で殺した系ライバーの苑風《そのかぜ》エーライなのですよ～！

：エーライ動物園豆知識。飼育されているクマは組長が無傷でげっちゅするためにまつ毛で倒して連れてきた
：流石《さすが》俺達の組長、一生ついていきやす！

：お前らwww
「ちょ、ダメダメダメ！　ほぼ音だけしか情報がないからコメント欄でヘンな推測が広がっちゃってるのですよ‼」

「これもダガーちゃんの笑顔を守る為です！」

「くう……」

一瞬納得しかけたエーライちゃんだったが、コメント欄を見て再び否定しようとする。

それでも私の説得を聞いて怯《ひる》むエーライちゃん。数秒悩んだ末にもう一度ダガーちゃんの顔を見たエーライちゃんが出した結論は――

「じゃ、邪魔した奴《やつ》は血のバレンタインパーティーに招待してやるぜ！」

「すげえええええぇぇぇ！　かっけええええぇぇぇ‼（パチパチパチパチパチ！）」

自分を捨て、ダガーちゃんの笑顔を守ることを選んだのだった。

：認めた!?
：いつも謙遜ばかりする組長が認めたぞ！
：こんなの初めてじゃないか!?
：今夜はクマ鍋や！
：エーライちゃんの巨乳が脂肪ではなく全て胸筋であることが証明されたな
：¥50000

「あはははー……帰ったら誤解解かないと……解けないんだろうなー……」

乾いた笑いをこぼしながらクッキーをオーブンに入れたエーライちゃん。
これにて盛り付け等を除く、全員分の調理工程が終了したのだった。

その後、クッキーの焼き上がりやチョコの冷やしが完成するまでしばらくの間休憩に入った。
休憩が終われば、それぞれが仕上げを行う。
そしていざ迎えた実食の時、盛り付けられた完成品が晴先輩の前に並べられた。

「えーっと、右から順に、

『ダガーちゃんが半泣きで炒《いた》めたギリ（ギリ）チョコ』

『ストロングチョコ』

『生チョコ』

『宇宙にスラムダンクされた猫による復讐《ふくしゅう》キャットフードチョコ』

『クマを片手間に撲殺しながら作った動物チョコクッキー』

が並んでいるわけだけど、これチョコでライブオンを表現しなさいって勝負じゃないよ？」

「頑張って炒めた！」

「この中だと生チョコが浮きすぎて逆に得体が知れなく見えるの嫌ですね……」

「安〇先生……クソ映画が欲しいです……」

「帰ったら速攻配信開いて意地でも誤解を解くのですよ～」

「あわっち！　シュワッチからのコメントも頼む！」

「聴いてください、私がスト〇〇になっても」

「それシュワッチに見せかけたあわっちの嘆きの歌じゃ……？」

なぜか例のカクテルも組み込まれてしまった。無しって言ったのに……。

：どっかのカルト宗教がやる儀式用の供物《くもつ》ですか？
：カカオ豆が一番欲しいがマジである
：完成品の写真を見た限りでは見た目でもう無理ってやつはなかったかな
：生チョコとクッキーはうまそうだったから本命かな？
：ネコマーのやつも見た目案外悪くなかったぞ
〈山谷還《やまたにかえる》〉：私がおばさんになっても、甘やかしてくれる？♪
：え、なっても？？？？？？？？
〈山谷還〉：おい運営！　今すぐ還のことをおばさん言ったゴミカス野郎をブロックしろ！
：これは草
：言ってないんだよなぁ
〈ライブオン公式〉：本人から要望があったので山谷還をブロックしました
：そっちじゃな――――い！　wwww
：これは大草原
：まさかの自滅!!
：おばさん言ったの本人だけだもんなｗ

：運営からブロックされている所属ライバーは草
〈ライブオン公式〉：誤解があったようなのでブロックを解除しました
：さては運営楽しんでんな？
：すんまそすんまそ
〈山谷還〉：→なんで当たり前のようにお前は無事なんですか……
：今度スパチャするから許して
〈山谷還〉：還おもしろい人大好きー！　これからもよろしくね☆
：この子ほんとブレないな……
：内心まさかのライバーとの絡みに心臓バクバクである
「それじゃあ品評していこうか！　いただきます！　さっき紹介した順に食べていくね、まずはナイフちゃんのから——」
晴先輩はそう言ってカカオ豆を口に入れた。傍《そば》に居るダガーちゃんがごくりと息を呑《の》んだのが分かる。
「（ポリポリ）」
数回の咀嚼《そしゃく》。
「ごめんスト〇〇飲む！　ゴクッゴクッゴクップハアアアアアァァ‼」

そしてそれを私のスト○○とチョコのカクテルで思いっきり流し込んだ。

「次行こうか！」

「あー？　あれ、俺のチョコの評価は？」

「ダガーちゃん、今の一連の動作が評価の全てですよ」

「ガーン……」

「信じられないくらい苦かった……サンキュあわっち、スト○○のおかげで助かったよ」

「仮にも私が作ったチョコを、無理やり流し込むことに使わないでくださいよ」

「シュワッチのカクテルはね、甘さ控えめのスト○○に甘いチョコを足したせいか味の方向性が迷子になってる！」

「聞いてないです」

気を取り直して、晴先輩が次に食べたのは私作の生チョコ。

少なくともカカオ豆と違って、もぐもぐとじっくり咀嚼している。

「どうですかね……？」

「美味《おい》しい！」

「本当ですか！　よかった……」

「市販品にはないほどよい手作り感がいいね！」

「えっへん！」

「むぅ……俺のだって生チョコみたいなもんじゃね？」

「生の意味が違い過ぎるんですよ」

「分かるよあわっち、アイドルの草○さんと公園で全裸になった草○さんくらい違うって言いたいんだよね！」

「それは多分同一人物です」

「俺その事件めっちゃ好き！」

「なぜ事件から好感度が上がったのか……」

「あわっちと同じじゃん」

「……………あれ、おかしいな？　言い返そうと思って考えれば考えるほど似てる、いやむしろ元は人気がなかった分私の方が悪い……？」

「それでいいのさあわっち。やっぱり人は人間味があるくらいの方が好まれるんだよ」

こんな状況でそれっぽいこと言わないでほしい、反応に困るから……。

まぁとりあえずチョコは失敗してなかったようで好感触のようだ。これは勝ちあるのでは？

期待を残してくれた晴《はれる》先輩は次に行こうとして……そして固まった。

〈相馬有素《そうまありす》〉：私も淡雪《あわゆき》殿の生チ○コ食べたいのであります
：おい——!!!!
：まさか聖《せい》様より酷《ひど》い伏字芸が出るとは思わなかった
：それ○の中にどっちが入っても本心じゃない？
：何？　今ライブオンで空前のチ○コブームでも来てるの？
：考えられる限り最悪のブームで草
：次はいよいよネコマーか
：一番味が想像できないの来たな

ネコマ先輩の作ったチョコを前にして、カカオ豆ですらすんなり口に入れた晴先輩が躊躇《ちゅうちょ》している、やはり食べたくない思いがあるのだろう。

それでも審査員としての意地があるのか、意を決してチョコでコーティングされたキャットフードを口に入れた——

「………あれ？」

明らかに一回一回の咀嚼をゆっくり慎重に行った晴先輩。だが、嫌そうだった表情は早まる咀嚼スピードと共に困惑へと変わった。

「まずくはない……いやむしろそこそこいけるかも」

「え」

そのまさかの反応に皆驚いていたが、一番驚いていたのは作った本人であるネコマ先輩だった。珍しくかわいげのない声まで出してしまっている。

「ま、マジか？　え、おえぇとかないのか？」

「ちょっと待って、もう一口食べる…………うん、やっぱりいけるよこれ！」

「そんなバカな……」

企画としてはその反応はおかしいように思われるが、今回のネコマ先輩の目標は晴先輩に一矢《いっし》報いること。まさかの敵に塩を送る結果にこれまた珍しく見るからに狼狽《うろた》え始める。

「嘘《うそ》だろ？　だってチョコ纏《まと》ってるとはいえそれキャットフードだぞ？」

「いやそれがね、このキャットフード味が薄いみたいでチョコの味しかしないんだよ。でも食感はあるから堅めのチョコフレークみたいになってる！　ちょっと飲み込んだ後に変な臭《にお》いするけど、逆に嫌なのはそれくらいかな」

「な、なんだそれ、じゃあネコマは何の為《ため》にそれを作ったんだよ……」

「バレンタインチョコあざす」

「そんな言葉が聞きたいんじゃなかったのに……」

ガックシとその場に頽《くずお》れるネコマ先輩。ショックの後は悔しさがやってきたようで、ぐぬぬと歯を食いしばる。

「これなら同じキャットフードでも猫缶とかのウェットタイプを使えばよかったぞ」

「……というか、なんで最初からそれを使わなかったんですか？　カリカリよりはずっとまずそうな物作れる気がしません？」

気になったので聞いてみると、ネコマ先輩は視線を床に逸《そ》らして歯切れ悪くしながらこう言った。

「いやだってさ……あまりにもまずい物だとさ、それはその……食べる側が可哀《かわい》そうじゃん」

「優しいところ出ちゃってるじゃん。絶望的に人柄が復讐に向いてないじゃないですか」

「う、うるさいぞ！」

良心が残っていては復讐など成り立たない。ネコマ先輩は最初から牙を見せるだけで剥《む》いてなどいなかったようだ。

：ネコマーかわいい
：なんかマジのほのぼの企画になってきたな
：むしろ不憫《ふびん》キャラが更に加速しちゃったよ
：商品名をかいぬちへのふくちゅうちょこに変えろ

〈宇月《うつき》聖〉：場所を知ってたらシオンが物欲しさのあまり現地まで全力疾走してそうな名前だね
：やば、お前の彼女ライブオンじゃん
：今のシオンママならやりそう
：道中にどんな困難があっても目的地まで走ることをやめなそう
：It's My Life かな?
：人生見つめ直してどうぞ
〈宇月聖〉：It's My Wife だよ
「それにしても意外だ、こんな組み合わせもありなんだなぁー。私も見識が広がった気がするよ」
むしろ復讐《ふくしゅう》どころか晴先輩に新たな発見を与えてしまっただけのような……まぁ平和なのが一番か、よかったよかった。
「これはあわっちの生チョコとどっちが上か迷うね」
「ちょっと待ってください」
それは全くよくない。
「え、嘘ですよね？　私の生チョコってそんなにダメでしたか？」

「いいや！　ちゃんとキャットフードチョコと同じくらい美味しかったよ！」

「いやそれ印象操作になってますって！　嫌だ！　キャットフードに負けるのだけは嫌だ！　そんなことになったら立ち直れない！」

「大丈夫だ師匠！　俺の世界樹の種がある！」

「それはただのカカオ豆でしょうが！　トドメ刺す気か！」

「むぅ、そんなにまずいのかな？　見た目割とうまそうだけど（ポリポリ）……ゴフォァ⁉　水！　水！」

何やってんのこの子……。

晴先輩も一度口の中をリセットする為に水を飲み、次の品へと進んだ。

「さてさて！　最後はボスの作った動物チョコクッキーだね！」

「召し上がれ～！　絵は微妙でもちゃんと作ったから味は確かなはずなのですよ～」

「いただきます！　むぐっ……⁉　こ、これは‼‼」

クッキーを食べた瞬間、晴先輩の目はこの企画中で明らかに一番の輝きを放ち、その時にはもう勝負は決していた。

バレンタインチョコ作り対決――勝者・苑風《そのかぜ》エーライ！

「ふんふ～ん♪」

企画が終わり、後片付けを手伝っている晴先輩を除くライバー勢は只今《ただいま》帰り支度中、エーライちゃんは未《ま》だ上機嫌だった。

調理の手間もそうだし、ダガーちゃんの笑顔を守ったりと色々苦労していたから、負けはしたもののこの結果も後味は悪くない（後者は私のせいでもあるし……）。

私ＶＳネコマ先輩も、商品化不可能な点からネコマ先輩のチョコに順位が付かず、必然的に私の勝利になった。味で並ばれただけでも悔しいがまぁいいだろう。ちなみに復讐できずショックを受けていたネコマ先輩も切り替えがうまいのか今ではケロッとしている。だけど……。

「ううう……時間を戻したい……俺も鳳凰院《ほうおういん》○真みたいになれれば戻せるかな……」

順位が付けられる中では当然のように最下位だったダガーちゃんは未《いま》だに引きずっていた。

「ダガーちゃん、突然の企画だったわけですから、何も反省することはないんですよ。むしろ晴先輩はよくやったと思っているはずです」

「そうかなー？」

「ライブオン的には一位だったぞ！」

「新人とは思えないくらいおもしろかったのですよ〜」

「そっかー……うーんそうかなぁ……もっとかっこよくこなせた方が理想なんだよなぁ……」

皆からそう言われても、譲れない何かがあるのか釈然としない様子のダガーちゃん。

元気になってほしいんだけど、何かしてあげられないかな。

そう考えながらカバンを整理していると、中にスト○○が一本入っていることに気が付いた。携帯用は二本持ってきていたので、余った一本というわけだ。

そうだ！　これをすっとダガーちゃんのカバンに仕込めば、家に帰った後とかに気が付いて喜んでくれるんじゃないかな？　サプライズプレゼントみたいな！

自意識過剰かもしれないが私のことも好いてくれているみたいだしマイナスにはならないでしょ。大して喜んでくれなくても飲んで酔って今日のミスを忘れて寝るのもそれもまたよし！

……って、あれ？

「そういえば、ダガーちゃんっていくつなんですか？」

「あー？　前に二十歳になった！」

「ええ⁉　成人済みなんですか⁉」

「おうよ！」

ちっこいし無邪気だから未成年なのかと思った……。

あと記憶喪失なのに分かるんだって思ったけど、もうそこはツッコむのすら野暮に思えてきたから今はいいや……。

「つーかさ、よく考えてみろよ。ガキをライブオンにぶち込むとかそれもう犯罪だぜ」

「その通りとはいえすごいこと言いますね……匡《ただす》ちゃんはいいんですか？」

「……ギリセーフ」

まぁ成人済みならあげてもいっか。

私はこっそりとスト○○をダガーちゃんのカバンに入れ、現場は解散となった。


帰宅してしばらく経《た》った後、こんなチャットがダガーちゃんから届いた。

〈†ダガー†〉：師匠！　これ!!

同時に私が仕込んだスト○○の画像も送られてくる。どうやら気づいてくれたみたいだ。

〈心音淡雪《こころねあわゆき》〉：〈企画を頑張ったご褒美《ほうび》です。そこそこ強いお酒なので、慣れないうちはゆっくり飲むんですよ

〈†ダガー†〉：貰《もら》っていいの!? やば！ 神！ 師匠マジ神！ ありがとー!!!!

ふふっ、神は過剰だと思うけど、ちゃんと喜んでくれたみたいだ。よかった。

こうしてサプライズで開催されたバレンタイン企画は、同じサプライズによって締められたのだった。

「ふふ、ふへへへへぇ～……」

ライブオン五期生であるダガーの家、その台所にある開かれた冷蔵庫の前では、長らく奇声が聞こえ続けていた。

その発生源は家主でもあるダガー、発生理由は冷蔵庫のセンターポジションに鎮座した一本のスト○○。

「あ～↑！ 貰っちゃった！ 師匠からのスト○○！ これはとんでもないお宝だ～！」

憧れのスト○○からスト○○を貰うというシチュエーションに、ダガーはカカオ豆のことなど忘れて歓喜していた。概《おおむ》ね淡雪の目論見《もくろみ》は成功したわけである。

「どうしよ！　保存したいけど同時に飲んでもみたい！　どうしよ～！」

だが忘れてはいけない――

「あぁ～ただでさえ面白いのに大切なところで優しい師匠好き～！　もっとファンになっちゃう～！　そうだ！　今度リスナーさんにもこのことを共有しないとな！」

このプレゼントが花束でもアクセサリーでもなく、スト○○だということを――

シュワちゃんの配信者育成

「プシュ！　どもども―！　シュワちゃんだど―！　みんなスト○○は持ったな!!　行くぞォ!!」
：プシュ！
：**¥220**
：どどどー！
：丸太しか持ってません！
：スト○○を丸太並みに万能だと思っている女
：丸太を万能だと思ってるあの島の住民

「今日はゲームをやっていくよ！　タイトルは『人気配信者になりたい！』、知っている人もいるかもしれないけど、まずはゲーム内容を軽く説明するね」

このゲームはタイトルにある通り、配信者を題材にしたゲームだ。

主人公は人気になることを夢見て配信者を始めたかわいい女の子の『キュンちゃん』。この子の彼氏であるプレイヤーは同時にマネージャーになり、二人三脚の活動を開始し、三十日間でフォロワー数１００万人の達成を目指すというストーリー。

要は配信者版の育成ゲームってことだね。現実的に見れば結構というか不可能に近いレベルの目標なんだけど、まぁそこはゲームということで！

それにしても、すごい現代的な題材のゲームだよね。私もVTuberではあるけど同じ配信者だし、ピッタリなゲームだと思ったので選びました！

「ふっふっふ、このキュンちゃんは運がいいね、実在の大人気配信者であるこの心音淡雪が直々にマネジメントしてあげるんだから！　これもう始める前から勝ち確でしょ！　ねーリスナーさん！」

説明を終えたところで、同意を求めてリスナーさんにそう振ってみたのだが――

：はい解散

：お前やっていいことと悪いことあるぞ

：できないことをできると言うのは優しさじゃない
：不安しかない
：仮にもマネージャーならその酒しまえ
：キュンちゃん逃げて！
コメント欄は非難囂囂《ごうごう》であった。
「はいはい出ましたー、いつものブーイング出ましたー。でもね、今回ばっかしは私に分があるから！　おそらく今ブーイングした誰よりも配信者のことを知っているんすわこっちは！　本職ってやつなんすわ！　プロがやる以上ヌルゲーどころか神々のお遊び状態にしてファン数３兆人とかにしてやるから覚悟しとけよお前ら！」
：流石《さすが》っす！　やっぱ本職のフラグ建築はちげーわ！
：達成できないに聖《せい》様の魂を賭けよう
：３兆……？
：俺は正直これはいけそうな気がしてるぞ！
：現在進行形でリスナーを盛り上げている手腕は否定できない！
：シュワちゃんを否定することはそれを見ている自分の否定にもなる罠《わな》
：一体どうなるんだ……

「それじゃあ始めていこうか、ゲームスタート！」
お馴染《なじ》みのリスナーさんとのやり取りも終え、いざ最初から開始のボタンを押すと、画面が暗転した後、かわいくデザインされた配信画面が映りだした。
そしてその画面に、私が主役とばかりに上半身が大きく映っているかわいい女の子――
『キュンばんは！　キュンキュンさせ過ぎたらごめんね？　キュンちゃんです！』
この子こそが主人公のキュンちゃんである。
「あ～このあざとい女めっちゃ孕《はら》ませて～」
：マネージャーさん!?
：マネちゃん!?
：はい挨拶代わりのセクハラ
：これもうセクハラどころのレベルじゃないだろ
：彼氏じゃなかったらもうゲームオーバーになってる
：絶対マネージャーやったらいけないタイプの人じゃん
「ご、ごめんごめんつい……今のは配信中のキュンちゃんには聞こえてないと思うからセーフってことで……」
どうやら今の配信風景はOPだったようで、すぐに画面は切り替わり、キュンちゃんにやってもらう様々な行動を選べる画面となった。

「なるほど、ここから行動を選んで成長させて、配信を開いてフォロワー数を増やす感じなんだよね？　実はさっきの説明も聞きかじったもので、私もこのゲーム初見なんだよね」

何が出来るかの確認がてら色々動かしていると、その中にはゲーム内でスマホを開くボタンがあり、試しに開くとキュンちゃんからチャットが来ていることに気が付いた。

〈キュン〉：マネちゃん！　えへへ、今日から配信者として入り込む為《ため》にマネちゃんって呼ぶね！　私絶対に大人気配信者になりたいの！　これからマネジメントよろしくね！

「ふっ、心配しなくてもいいんだよキュンちゃん。なんたって私はライブオンのエースなんだから。君は私の指示をこなしていくだけでいいんだよ」

：うぜぇ……

：何がエースだお前はむしろジョーカーだろ

：スト〇〇と一緒にゴミ袋に入れて缶ゴミの日に捨てたい

「えっと、まずは何をさせるべきかなー」

再び出来ることの確認に戻る。

「ほうほう……ここを押せば配信で……ほうほう……ほ？」

あちこち動かしていたカーソルがある一点で止まる。そこに表示されていたのは何やらハートマークがちりばめられたベッドのアイコン。

「ほーん」

アイコンの下に表示されている行動名は『エッチなこと』。

「ほーん」

行動の効果説明も表示出来たので読んでみる。

【ストレスと病み度が減り、好感度が上がります。使うと一日経過します】

「ほーん（カチッ）」

【たくさんなかよしした】

：ちょおおおおおおぉぉぉ!?!?

：迷いなくイッたあああぁぁぁ!!!!

：いきなりなんてもん選んでんだwww
：事実上初日が無駄に……

：マネちゃん!?

ゲーム内二日目。

「ほーん（カチッ）」

【たくさんなかよしした】

：ええええええぇぇぇ!?!?

：二日連続 www

：ほーんじゃないから！

：おい、嘘《うそ》だろ……？

：まさか……この流れは……

その後私は、

「ほーん（カチッ）」

この三十日間、

「ほーん（カチッ）」

同じ行動を、

「ほーん（カチッ）」

繰り返した。

【ED・最終フォロワー0人・キュンちゃんはフォロワー100万人は達成できなかったがマネージャーとデキ婚した】

「あー気持ちよかった」

：終わったああああああああ――!?!?

：有　言　実　行　！　！

：本当に孕ませてどうする！

：最低ｏｆ最低

：結局一回も配信しなかった……

：ここまで来るとこのカップル最初からそういうプレイがしたかっただけだろ

：エロゲだと勘違いしていらっしゃる？

：おい本職！

：お前の本職今日からヤリモクほんほん種付けマネージャーな

：淡雪《あわゆき》さんってそんな人だったんですね、知ってました

：君の担当マネちゃん今泣いてるぞ

：なんでこんなエンディング用意されてるんだ……

：エッチなことするコマンドがある時点で察して

「すんません、流石に冗談です。ニューゲームからやり直しまーす……」

一周してこんなにノウハウが蓄積されなかったゲーム経験は初めてだ……いや私が悪いんだけど……。

気を取り直してゲームを最初から再開し、指示出来る行動などの確認作業に戻る。

そして一通りの確認が終わったのだが――私は絶句してしまっていた。

「スト○○を飲むコマンドが無いだと――キュンちゃん、君は本当に人気配信者になるつもりがあるのか――？」

：マネちゃん!?

：草

：衝撃の言動しかしないなこのマネージャー

：このままだとキュンちゃんの方がキュンキュンし過ぎてキュン死してしまう

：もうやだこの子ほんと最高

：コマンドには無くてもチャットで言えばやってくれるかもよ

「え、チャットってそんなことも出来るの!?」

リスナーさんに教わった通りチャットを開き、今度はこちらからキュンちゃんに文章を送ろうとしてみると、ゲーム画面にこのような表記が出てきた。

【チャットを使ってキュンちゃんとコミュニケーションをとることが出来ます。長文やキ

ーワードの多い文章はキュンちゃんを困らせてしまう可能性があるので、なるべくシンプルな文章にしてあげましょう】

「これはチャットのチュートリアル的なあれだよね？　え、ということは自由に文章書いて送れるのこれ？　それにキュンちゃんが反応してくれるってこと!?　教えてエロい人ーー！」

：そう

：ＡＩが組み込まれてるから色々返答してくれるよ

：すげーー！

：むしろこのチャットがすごく大事で、この会話で配信ネタが増えたりする

：ちゃんと人間味あって、変なこと言ったり機嫌損ねたりすると強制終了になるし、一日の回数制限もあるから注意

「なるほど……ＡＩが使われてるとはゲーム説明で見たけど、そんな自由なこと出来るんだね。ハイテクー」

：君もＶだから十分ハイテクだと思うが……

：不思議なくらいシュワちゃんにテクノロジーって似合わない

：この子のＶはＳＴＲＯＮＧのＶだから

：Vどこにあります？

：Nの左をポキッてやって残りをグイってやればあるやろがい！

：それは流石《さすが》にSTRONG
「よっしゃ！　そうと分かれば早速スト○○飲ませるどー！」

チャットに文章を入力する。

〈マネちゃん〉：スト○○を飲もう！

〈キュン〉：スト○○って何？

「やばいこの子スト○○を知らない、きっと悲しい過去があって遊園地に行ったことないタイプの子だ、泣けてきた」

：遊園地とスト○○が等価値な女の子の方が泣きそうです
：スト○○1カートンを年パスとか思ってそう
：教えてあげよう！

「ぐすっ！　そうだね！」

〈マネちゃん〉：人気者になりたい貴方《あなた》に超朗報です！　ヨントリーから発売、家で簡単にシュワシュワになれるスト○○がやばすぎる!!　実は私、少し前まではブラック企業に徹底的に絞られる毎日で人生に絶望していたんですね……でもこれを飲んでからというもの配信が大バズして人生絶好調に！　やがて夢見た大人気配信者になってからは同期からは求愛され、先輩からも注目の的になりあの憧れの人からライブに御呼《およ》ばれまで!?　更にやんちゃな後輩からに至っては愛され過ぎて最早《もはや》命が危ない笑　ハーレム生活でもうからっからです笑　さぁこれを聴いている運のいい貴方！　次は貴方の番です！　今すぐご注文を！　近所のコンビニでもあっという間にお求めできます！　さぁ、このスト○○で夢の配信者ライフを始めちゃいましょう！　社会人一年目だったこともあるSHUWATTYでした！

〈キュン〉：どういうことー？　もっと分かりやすく！

：**大草原　¥10000**

：このうざすぎる文体、懐《なつ》かしい……閃光《せんこう》のように出てきては消えたあの人だ……

：大嫌いだけどいなくなってほしいわけじゃなかった

：どっからどう見ても詐欺広告なのに事実しか言ってないのすごいな

：事実なのは認めるけどそれができるのはお前だけや！

：確かに四期生は深く関わると身の危険ありそうだね笑

：脱毛の次は清楚《せいそ》を抜く脱清広告の時代か

：この広告はキュンちゃんにのみ配信されています！

：ターゲティング絞りすぎでは？
：広告で自分の名前呼ばれたら怖すぎるわ
：なっが
：AIに広告打つな
「むぅ、良さを伝えたかっただけなんだけど、逆にだめだったか……少し物足りないけど、まぁシンプルに返答するかー」
〈マネちゃん〉：お酒だよ
〈キュン〉：お酒！
【キュンは飲酒配信を閃《ひらめ》いた】
「おお！　本当に配信ネタが増えた！　教えてくれたリスナーさんありがとー！」
よしよし、これで第一段階はクリアだな。
「あれ？」
クリアへの道筋が見えてきて一安心したのも束《つか》の間《ま》、キュンちゃんからのチャットには続きがあった。
〈キュン〉：うーん……でも今のタイミングでお酒ってなんか違わないー？　まだデビューしたばっかりだよ？

「これは……なんだ？　乗り気じゃないってことなのかな？　あ、チュートリアル出てきた」

【話題に出た配信ネタにキュンちゃんが乗り気じゃない場合、その配信ネタの成功率が下がります。配信がうまくいかないとフォロワー数も伸びません。どの配信ネタに乗り気になるかはキュンちゃんのパラメータ、経験、イベントなど様々な要因によって決まるので、その時々のキュンちゃんに合わせた配信内容を選んであげるとよいでしょう】

「成功率、そんなのもあるのか……いやまぁなんでもうまくいったらその方が不自然かー」

：これは乗り気には見えませんねぇ

：冷静に考えて初配信で飲酒って中々だからな

：名前とやってることが合ってない……

：下がるってことはやってもらうこと自体は出来るのか

：どうする？

「うーん、一旦説得してみようか。それによって乗り気に変わるかもしれないし！　私のスト○○布教スキルもう一度見せてやるぜ！」

〈マネちゃん〉：スト○○だから大丈夫なんだよ。宇宙がスト○○の爆発から発生したように、時間がスト○○の雫《しずく》から流れ始めたように、生命がスト○○の海から誕生したように——あぁ、世界は美しい——

〈キュン〉：??　だからよく分かんないって——！

「おいちょっとこのＡＩバグってんよー」

：バグってんのはお前の頭だよ

：どうしてそれで説得出来ると思ったのか

：たとえシュワちゃんだけだとしても、ここまで積み上げてきた人類の叡智《えいち》がスト○○に完全敗北したとか俺信じたくないよ

：当時地動説を提唱したガリレオを見ていた人ってこんな気分やったんかなって

：普通に違うと思うぞ

：地球は太陽の中心にあるスト○○を中心に回っているからな

：もう人類はダメかもしれない

「あぁそういうことか！　つまりは根拠を示せばいいと！　こういうことだな！」

〈マネちゃん〉：私を見ろ

〈キュン〉：いきなりどうしたの!?

「なんでだよ！　この計画の成功例たる私の姿を見れば、納得し過ぎて納豆食うレベルだ

ろごめん今の発言忘れて無し無し無し無し!!」

：これが成功例の姿ですか？

：スベリ芸人の成功例かな？

：**君は成功例の失敗作もしくは失敗作の成功例だから　￥2200**
：何恥ずかしくなってんだよ笑
：誤魔化しの勢いで草、もう説得力皆無や
〈キュン〉：さっきから私のことバカにしてるの!?　今日はもういいもん！

「ああ!?」

強制的にチャット画面が閉じられ、再度開くことが出来なくなってしまった。どうやらキュンちゃんの機嫌を損ねてしまったようだ。

「やってしまった……くぅ、なんでスト〇〇の魅力を分かってくれないんだ……こうなったら強制的に配信ネタに選んじゃうか？　いやでも、乗り気じゃないことをやらせるのはよくないのかなぁ……うーんどうすれば……」

？？「おい淡雪《あわゆき》！　やっちまえって！」

「はっ!?　この声は……淡雪の悪魔!?」

淡雪の悪魔「そう、俺だよ俺。いいかよく聞け、ここは絶対飲ませるべきだ。だってよく考えろ？　スト〇〇が失敗するわけがないだろ？」

「……それは確かに」

淡雪の悪魔「大体さ、この女の目標は人気配信者になることなんだろ？　ならマネージャーであるお前はその為《ため》の行動を最も優先してとるべきだろ。なぁに大丈夫、今は分かっていないだけで、目標達成への最適な手段がスト〇〇だって気が付いたらこの女もすぐ乗り気になるさ」

「……そうかも……じゃあ」

？？「淡雪ちゃん！　私の意見も聞いて！」

「え⁉　こ、この声はまさか⁉」

スト〇〇の天使「スト〇〇以外の選択肢は無いと思うわ」

「うぃーっすてなわけで飲ませまーっす」

：草
：なんだこのクソ茶番
：あほくさ
：こういうのって天使と悪魔が対立しているものなんじゃないの……？

：いつもの面倒見の良さはどうした……

「いやそれはそうなんだけどさぁ……実のところ皆も見たいでしょ？　スト○○ルート」
：それはそう
：まぁ、うん
：普通のお酒好きルートならまだしもそんな変人ルートは開発者も想定してないぞでも見たい
「だよねだよね！　普通はしないことをあえてやるのもゲームの醍醐味《だいごみ》でしょ！　ゲームは楽しんだもの勝ちなんだよ！　まぁそもそもクリアするって視点から見たらスト○○が負けるわけないからこれが完璧なんだけどねー！　このゲームの最適解なんだよなーこれが！　すまないキュンちゃん、今回は私のことを信じてくれ！」
その言葉と共に、いざ私は飲酒配信のコマンドを選んだ――
『キュンばんは！　キュンキュンさせたらごめんね？　キュンちゃんです！』
OPの時にも聞いたお決まりなのであろう挨拶を済ませた後、キュンちゃんは初配信に来てくれたリスナーさん達に自己紹介を始めた。当然まだごく少人数しか同接は居ないが、10人の前だろうと1万人の前だろうと応援してくれる人の前では自分らしく、はとても大事なことだ。
やがて自己紹介も終わり、いざ私の選んだ配信内容に入る。

『今日はお酒を飲んでいこうと思うよ！　酔っちゃったらキュンちゃんの意外な姿も見られるかも⁉』

そうしてスト○○……かは流石《さすが》に分からないが、見た目的にチューハイっぽいお酒を飲み始めたキュンちゃん。

「ふふふ、いいぞいいぞ、今この瞬間からキュンちゃんにはスト○○のお導きが授けられた。さぁ！　後は身を任せるだけ！　やっちゃえキュンちゃん（某車会社のＣＭ風）」

決め声でそう言い、成功を確信して配信模様を見届ける。

……なのだが――

ゲーム画面に映るキュンちゃんのコメント欄を確認してみる。

：お酒飲むんだ

：イメージと違った

：ぐびぐびいくね……

「あ、あれ？　もしかしてあんまり反応よくない……？」

肯定的なコメントが少ないというか……むしろ少し引き気味な気がするぞ？

「いやいや、今だけだから！　スト○○ちゃんはエンターテイナーだから後半に盛り上げてくれるから！　私なんて配信終了したと思った後に盛り上げられたしな！　はっはっはっは！」

余裕をかまし、いつ爆発するかなーと期待に胸を膨らませて続きを見届ける。

そして――――最後の最後までその時は来なかった。

【配信はうまくいかなかった為、フォロワー数はほぼ伸びなかった】

「……え？」

画面に表示されている配信結果を告げる文字。それを読めるはずなのに頭が理解出来ない。今までにない経験に息が詰まりそうになる。体の中心が熱いのに同時に冷たい気もする。このままだとやばい、なんとなくそう分かっていても体が動かず瞼《まぶた》も閉じることを拒否する。

「え？　何これ？　え？　うまくいかないって、どう……いうこと？　スト○○ちゃん、あれ？　え？」

段々と恐怖すら感じ始めたその時、私にはいつもリスナーさんが付いていてくれることを思い出す。

助けを求めて石のように固まった首を意地で捻《ね》じ曲《ま》げ、コメント欄に視線を向ける。

誰かこの光景を否定して、誰か――

：あー……

：失敗しちゃった……
：やっちまったキュンちゃん
：嘘《うそ》だろ……？
：スト○○、まさかの敗北……

「――――――――」

そして――信頼しているリスナーさん達がゲーム画面の結果を認めているのを目にした時――やっと私は何が起こったのかを理解した。

「――うっぐ」

でも――それは私にとってあまりに、あまりに受け入れがたいことで――

「うわああああぁぁぁぁあああああん‼‼‼‼」

私は大声で泣き叫ばずにはいられなかった――


：シュワちゃん⁉

：どうしたの⁉

：お、おおおおおちけつ－！

：ガチ泣き⁉

：泣かないで……

「だってぇ！　だってえええぇ‼　スト○○……スト○○ちゃんがあああぁぁぁ‼‼
うはあはあああぁぁぁ………ぅ、うぐぅ……スト○○、スト○○……うぎゃああ
ああぁぁぁ――⁉⁉　そんな！　そんなぁ‼　スト○○ちゃんが負けるなんていやだあ
ああぁぁぁびえええええぇぇぇ――‼‼」

：うるせえええええぇぇぇ‼‼　wwww
：草。いや笑ったらダメなのかもしれんがこんなん笑うやろ
：反応がウ○トラマンが負けるのを見た時の子供のそれなんよ
：**涙を拭いてあげよう　￥50000**
：金で泣き止《や》まそうとすんな！
：逆になぜ絶対に勝てると思ったのか分からないし、同じく勝てると思っていた自分のこ
とも分からない
：ここまでガチ泣きする大人初めて見たかもしれんわ
：笑ったけど迫真過ぎてなんか俺まで辛《つら》くなってきた……

そのまましばらくの間、決壊したダムのように私は泣き叫び続ける。
そんな時でも時間は平等だった。時に厳しく選択を強いてくる時の流れ、でもそれは今のように優しく私の心を静めてくれることもあるのだ。

「ぐすっ、ごめん。冷静になってきた」

泣き疲れ、落ち着いてきた頭でもう一度ゲーム画面に目を向け、何が起こったのかを考える。

「……あっ」

そして、やっと私は自分の愚かな考えに気が付いた。

「まだ終わってないじゃん」

ゲームの画面を進めた時、そこで待っていたのはゲームオーバーなんかではなく、初配信を行う前と同じ、次の配信への備えだった。

「そうか――そういうことかスト〇〇ちゃん！　初配信は様子見だったってことか！」

そう、冷静に考えればスト〇〇が負けるはずがないのだ。

「そうだよね！　私の時だってデビューからしばらく経《た》ってからの逆転だったもんね！　苦労があるからこそ成功が輝くってことか！　かー！　やっぱりスト〇〇ちゃんはエンターテイナーだぜ！　分かってるぅ！」

あぁ、私はなんてバカだったのだろうか。

「リスナーさんもいきなり泣いたりしてごめんね？　でもスト〇〇ちゃんの考えが分かったからもう大丈夫！　この調子で続き進めていくどー！」

こうして、私はスト○○ちゃんの隠された意志を察することで絶望から立ち直り、ゲームへと復帰することが出来たのだった。

これぞ愛の為《な》せる業である。

…おう、おぅ……

…この子本当に大丈夫か？

…大丈夫だったらライブオンにいない

…スト○○が言うんだったら問題ないな！

…続きが楽しみだどー！

さぁ再開だ。スト○○よ、キュンちゃんを覚醒へと導いてくれ。

「いや待てよ。もしやスト○○ちゃん、私が嫉妬しちゃうんじゃないかと心配して、キュンちゃんに集中出来なかった説もあるな。ふふっ、心配しないでスト○○ちゃん。私は皆に平等に頑張る、貴方《あなた》のそんなところも好きよ。だから今はキュンちゃんに力を貸してあげて？　そうだ、じゃあそんな不安も吹き飛ぶようなことしてあ・げ・る♥」

コースターの上のスト○○を手に取り、口元へ近づける。

「チュッ」

愛《いと》しい缶の想《おも》いに応えてあげる為《ため》――私はその飲み口に口づけをした。

「チュッ……ジュル……ジュルルルゥゥゥヴヴヴヴ!!!!!!」

：おい音音音音!!!!

：熱烈過ぎる……

：ＢＡＮされちゃう！　スト○○にディープキスしてＢＡＮされちゃう！

：面白いＢＡＮのされ方選手権にでも参加したのかな？

：お下品ですわ！

〈相馬有素《そうまありす》〉：ありがとうございますありがとうございますありがとうございますでもくやしいくやしいありがとうございますでもくやしいでもスト○○ちゃんならあああありがくやしいでございます興奮で脳が脳があばばばば　￥５００００
：有素ちゃん、君ってやつは（泣）

：これは脳が完全に焼き尽くされましたね……

：清楚《せいそ》を音読みするとスト○○だと思っている女
　――あぁ、スト○○とキスをする私の姿たるや、なんて呑気《のんき》なことなのだろう。でも仕方ない、この時の私はあんなことが起きるだなんて想像が及びもしなかったのだ。

「――ッ！　よし！　今じゃないかスト○○ちゃん!?　……違うかぁ」

その後、どれだけ待っても待っても待っても――

「ここだ！　完璧なチャンス！　もう中盤だしここで逃すと後が無い‼　……なんでぇ⁉

今だったでしょスト〇〇ちゃん‼」

ゲームが終わる真の最後の最後、その瞬間まで――

「もうこれで30日終わっちゃう‼‼　スト〇〇ちゃん！　お願い！　お願いだからぁ‼

ここで世界がひっくり返るくらいの大逆転を見せてええぇぇ――‼」

あのスト〇〇ちゃんが――微動だにもしてくれないなんて――

【ED・最終フォロワー2万人・キュンちゃんは大人気配信者になることは諦めたが、趣味として配信は続けていくことにした】

「ぁ」

くぁｗせ

「ぁぁ」

くぁｗせ drftgy

「ぁぁぁぁ‼」

くぁwせdrftgyふじこlpすすすすっすうっすうすすとととすすすとぜぜぜぜぜ

「ぼぎゃあああああああああああああああああああああ‼‼‼‼」

：wwwwwwww

：遂《つい》に精神崩壊しちゃったか……

：今日ほんとに情緒どうした笑

：どーどーどー……

：絶望の向こうに行っちゃったなこれ

：仕方ないよ、シュワちゃんからすれば天地がひっくり返ったみたいなもんだ

：スト○○完全敗北ですね……

「ごめん今からう○ち漏らすわ」

：!?!?

：はあ!?

：ちょちょちょちょ

：今度は何!?

：ストップストォオップ！

「止めるな皆！　きっと私が清楚過ぎたからカオスに生きるスト○○ちゃんに愛想尽《あいそ》かさ

れちゃったんだ！　ゲロのカードを既に切っている私がもう一度振り向いてもらうにはこれしか——配信でう○ちを漏らす道しか残されていないんだ‼」

：それだけは無いから安心していいよ

：淡雪《あわゆき》ちゃんが清楚なわけないだろ！

：大丈夫、漏らしても漏らさなくても君は君のままだよ

：自分の汚さを卑下し過ぎだって！

：思考回路にう○ち詰まってますよ

「お前らさぁ……はぁ、なんかいつも通りのコメント欄のおかげで逆に落ち着いてきたからもういいや……」

：そりゃどうもー

：よかった……危うく伝説という名の黒歴史が増えるところだった……

：もう少しで排便しながらスト○○に復縁を迫る激ヤバ女が見られたのかと思うと惜しくもある　¥211

：捨てないでえぇー‼（ブリュリュリュリュ‼）

：もうなんかとにかく汚《きた》ねぇよ！

「そ、そうだね、なんとかしないといけない思いが強すぎて変なこと言っちゃった……

流石《さすが》に反省します……」

……くっ、それでもやっぱりこんなのスト○○ちゃんらしくないよ……一体何が起こっているんだ……？

配信時間は……まだ余裕ある、よしっ！

「それじゃあ次のプレイが最後！　作戦を練り直して今度こそフォロワー100万人達成するどー！」

さて、まずやることは今言ったように作戦の練り直しだろう。このままじゃいけない……。

バズるのに必要な要素……やっぱり個性かな。せめてもっと個性を強くすることが出来ればなぁ……そうだ、今パッと思いついたやつだけど、どうにかしてこんな感じのキャラに出来ないかな？

名前・パピルス三世（二世って呼んでね！）
職業・メイド喫茶のメイドさん
得意料理・ビーフストロガノフ
口癖・メイド・イン・パピルス

将来の夢・全人類をパピる、もしくはFIRE
一口メモ・オムライスにはケチャップで四世と書く

……いや無いな、もし可能だとしてもこれは無い。狙ってるのが見え見えくらいならまだしも、ここまでくるとガチのヤベーやつ感出てる。ライブオンの新期生みたいになってるじゃん。なんてもんパッと思いついてんだ。

なるほど、完全にライブオン基準で考えちゃってるんだな私……今まではこれがダメだったのかも知れない……。

「次はどんな育成プランでいこうか……」

：きっとスト○○が足らなかったんだ、もっとシュワシュワでいこう
：いや、むしろここぞというタイミングを見極めてスト○○は投与すべきだ!
：スト○○は－を＋に変える作用があるから、与えるなら一番落ちた時かと
：学会ではスト○○は対象に－196をかける効果があるという説が支配的、つまり対象物も－でないと＋にならないわけか
：0という概念がスト○○のマイナス効果を完全に中和出来る値であることから定義され、ここから数学が生まれたのは有名な話。0をゼロと呼ぶ由縁もスト○○から　¥2200

:お、やべぇここ異世界か?

コメント欄のリスナーさんもリベンジに燃えて色んなストロングアイデアを出してくれている。だけど……。

「うーん……心底遺憾ではあるけど、最後はスト○○は無しでやろうかな……」

予想通りではあったが、私の発言にざわつき始めるコメント欄。当然こんなことを言ったのはそれなりの理由があってのことだった。

「私はね、キュンちゃんのマネージャーなんだよ。そして言われちゃったんだ、『絶対に大人気配信者になりたいの!』って。だから何としてもその想いに応えてあげなくっちゃ。二回も失敗した以上更なるスト○○推しは冒険過ぎる。だから次はキュンちゃんとしっかり何をするか話し合いながら、二人三脚でやってみるよ」

:ええやん……ええやん……ッ!

:立派になったなぁ(後方腕組号泣父親面《づら》)

:かっこよ過ぎ惚《ほ》れた

:世界一スト○○なイケメン

:お前のそういうところが好きだったんだよ!!

ふふっ、それじゃあ心機一転、始めていきますか!

こうして、私はキュンちゃんと夢への最後の挑戦へと足を踏み出した。

――今度は2人、足並みを揃《そろ》えて。

配信ネタを決める時には、必ずチャットでキュンちゃんの体調や気分を確認し、それに最もマッチした配信ネタを提案する。

「どうだろう？　今度はキュンちゃんもやる気満々だったけど……」

【配信は大成功した・フォロワー数が大幅に増加した】

「よっしゃあああああぁぁ‼　よくやったぞキュンちゃーん！　よーしよしよし‼」

時には気分転換に配信を休み、お出かけに行ったり――

嫌なことがあってキュンちゃんが病んでしまった時には、もう一度立ち上がるお手伝いをしたり――

そんな配信者として充実した日々を繰り返す。

――その中で、私は段々と、『あること』に気が付いていった。

そしてそれは――この画面を見た時確信に変わる。

【ED・BEST END・キュンちゃんはフォロワー100万人を達成し夢を叶《かな》えた】

大喜びでこちらに抱き着いてくるキュンちゃんを最後に、画面にスタッフロールが流れる。

：１００万いったあああああ!!
：おめでとおおおおお!!
：¥８８８８
：乙！
：クリアできてよかった……

そう、クリアだ。これは文句なしのゲームクリア。

祝福やクリアの余韻が飛び交うコメント欄。

だが――そんな喧騒《けんそう》とは裏腹に、私はこれは参ったとばかりに天を仰ぎ、『あの人』のことを思い浮かべていた。

「そっか、そういうことだったんだね……あははっ、やっぱりすごいなぁ『スト○○ちゃん』は」


：え？

：はぁ？

：またなんか言い出したぞ
：今回は一回も飲ませてなかったでしょ……

：どっから出てきたww
「皆まだ分からないの？　はぁ、まだまだだねぇ……。スト〇〇ちゃんはね、私に『マネージャー』としての在り方を教えてくれていたんだよ」

なぜ二回もスト〇〇ちゃんは力を貸してくれなかったのか？　今なら分かる、それは私の為《ため》にならないからだったんだ。

「このゲームにおける私の役割はマネージャー。そしてマネージャーたるもの、自分の考えの押し付けは出しゃばりすぎであり、同時に我儘《わがまま》を受け入れてばかりでは成功の道を歩けない。マネジメントとはマネージャーとマネジメント対象との二人三脚、お互いがお互いを信頼してこそ正しく成立するものなんだよ。最初私はそれに気づかずキュンちゃんに自分の意見を押し付けた。だからあの時スト〇〇ちゃんは負けたんじゃない、わざと力を発揮しないことで私にそれは間違いだと教えてくれていたんだよ！」

伏線を回収するように、全ての点と点が繋《つな》がっていく——

「スト〇〇ちゃん、情けない姿見せちゃってごめんね……でもね、貴方《あなた》の想《おも》い伝わったから！　だから——だから今はこう言わせて！」

さぁ皆！　お手元のスト○○を天高く掲げ、声高らかに叫ぼう！

「私の完敗に乾杯‼‼」

：あっ、僕お先に失礼しまーす

：もうお前スト○○だったらなんでもいいだろ

：はぁ……（クソデカため息）

：これって実は洗脳を注意喚起する為の実例配信だったりする？

：久しぶりに頭のおかしいところを見られて嬉《うれ》しかった

「そうだ！　この配信でマネージャーさんの大切さが改めて分かったことだし、最後に私のマネちゃんに電話で感謝を伝えて終わりにしよう！　マネージャーさん見ててくれたかなー」

そう言って鈴木《すずき》さんに電話をかけると、僅かワンコールで応答してくれた。

「あっ、もしもしマネ！ジャーさん？　配信見ててくれたんだね！　じゃあ早速。あのね、いつもありがってえ？　私は淡雪《あわゆき》さんをこの女めっちゃ孕《はら》ませて～なんて思っていませんん？　あっ、いやあれはその、あっ、す、すんませんすんません！　あれは違うんです！　あれはあの、その～……」

私のマネージャーさんの鈴木さんは、クールでたまにお茶目な素敵な人です。

閑話　ダガーの刃こぼれ

「うーん……」

ここは時刻にしてバレンタイン企画から一夜が明けたダガー家。そこには冷蔵庫のセンターポジションに鎮座するスト○○を前にして、1人それをじっと眺める家主の姿があった。

一見バレンタイン企画直後と何ら変わらない光景。だが、一つ決定的な違いがあった。

それはダガーの様子だ。

「うーん……どうしよう……」

険しい表情で、スト○○を前にしてうーんうーんと何度も唸《うな》り声をあげるダガー。昨日淡雪からスト○○を貰《もら》った事に気づいてからというもの、何の用件も無いのに冷蔵庫に向かい、中に鎮座するスト○○を眺めてしばらくニヤニヤし、満足したら冷蔵庫から離れ、また数分後には冷蔵庫に向かう……そんな冷蔵庫からしてみれば迷惑極まりない行動を何度も繰り返していたダガーであったが、その繰り返しの中で、ダガーの表情だけは回数を重ねるにつれ、ニヤニヤとした嬉々《きき》から今のように変化していた。

その理由はこれだ。

「いつ飲めばいいのか分からない……」

眺めれば眺める程、ダガーにはこの缶チューハイが神聖なものに見えるようになってしまい、どう扱えばいいのかが分からなくなってしまっていた。

「やっぱこのまま保存しちゃうか？　いやいや、でもそれだと飲むようにくれた師匠に悪いし、それに飲んでみたい思いもあるしなー……」

無論それは淡雪から貰った要素を抜かせば、コンビニでホットスナック感覚の値段で買える缶チューハイであることに変わりはない。だが、ダガーにとってモノの価値は値段ではない。いわばこのスト〇〇は憧れの淡雪から貰った淡雪の大切なモノ。それはダガーにとっては何と引き換えにしても渡すことは出来ない宝物なのだ。

だが、この宝物は消費されることを目的としてダガーに渡されたもの。それに、保存が利《き》くとは言ってもいつかはダメになってしまうものでもある。ならば鮮度を保っているうちに飲んでしまうことこそが、くれた淡雪に対する最大限の礼儀なのではないか？　プレゼントがプレゼントである為、このことはダガーを心底悩ませていた。

「うーん……そうだ、一度先輩方に相談してみよう！」

悩んだダガーは、他者の意見を聞いてみることにした。

まずは同期の2人に聞いてみようかとも思ったが、ここまでにあの2人にはひたすらスト○○を自慢して呆《あき》れさせてしまっていた為、暇そうな先輩にチャットで聞いてみることにダガーは決めた。ダガーは五期生の中では断トツのコミュニケーション能力を有しており、大半の先輩に気楽に連絡を取ることが出来た。

まず選んだのは、同じ状況になった時に似たような心境になりそうと思った四期生の相《そう》馬有素《まありす》。

〈†ダガー†〉：なぁなぁ有素先輩、師匠からスト○○貰ったんだけど、どうしたらいいと思う？

〈相馬有素〉：少し待ってね、総資産額を確認するのであります

〈†ダガー†〉：いくら出されても絶対に売らないからな！

〈相馬有素〉：だってだって！　ずるいのであります！　せめてどうやって貰ったのかくらい教えてもらいたいのであります！

〈†ダガー†〉：バレンタイン企画で思ったようにいかなくて落ち込んでたらくれた！

〈相馬有素〉：ほお！　棚からスト○○ってやつでありますな！

〈†ダガー†〉：それを言うなら牡丹餅《ぼたもち》じゃ……いや貰ったのはスト○○だから合ってるのか……

〈相馬有素〉：はっ!?　もしや私も淡雪殿へ贈るバレンタインチョコ作りを失敗すれば貰えるのでは!?

〈†ダガー†〉：意図的にまずくするのはよくないぞー

〈相馬有素〉：大丈夫、愛《いと》しの方に食べてもらう以上ちゃんと味は美味《おい》しいのであります

〈†ダガー†〉：じゃあどう失敗すんの？　形？

〈相馬有素〉：チョコを梱包《こんぽう》する紙を、私の欄が記入済みの婚姻届にしてしまうミスをするのであります！

〈†ダガー†〉：本命チョコガチ勢の発想怖い……

〈相馬有素〉：そうだ、教えてもらったのだからこちらも質問にお答えするのであります！　頂いたスト○○ですが、淡雪殿への感謝の気持ちさえあれば、ダガーちゃんの使いたいように使えばよいと思うのであります。大切なのは使い方ではなく感謝を忘れないことだと私は思うのであります

〈†ダガー†〉：なるほど……

なんだかんだ言って質問に真剣に答えてくれた有素。有素ももう1人の先輩なのだった。

「うーん……俺の使いたいようにかー……」
それが分からなくて悩んでいた部分もあったので、再び唸ってしまったダガーだったが、少なくとも有素の言葉で、何かアクションを起こすことに躊躇《ちゅうちょ》していた念は取り払われていた。
もう少し他の先輩の意見を聞いてみようと思い、有素にお礼を告げた後、次にダガーが声をかけたのは、二期生の神成《かみなり》シオンだ。
〈†ダガー†〉：シオン先輩シオン先輩！　師匠からスト〇〇貰ったんだけどどうしたらいいと思う？
〈神成シオン〉：スト〇〇哺乳瓶プレイがしたいんだね！　明日ママの家においで！
〈†ダガー†〉：いや、そんなつもりは全くなかったんだけど……
〈神成シオン〉：でもダガーちゃんの師匠はやったよ？
〈†ダガー†〉：!?　た、確かにやってた!!　俺の師匠哺乳瓶プレイでバブバブやってた！
〈神成シオン〉：決まりだね！　やっばい！　興奮でもう陣痛がしてきちゃった！
〈†ダガー†〉：え……
幸運にもシオンの狂気的な発言のおかげで、ダガーは手遅れになる前に冷静になることが出来た。
〈†ダガー†〉：や、やっぱ哺乳瓶プレイはやめておこうかな！　ほら、俺ってかっこい系目指してるし！
〈神成シオン〉：えー？　陣痛とは言っても、産むのは勿論《もちろん》ダガーちゃんだよ？
〈†ダガー†〉：勘弁してください……
シオンの深淵《しんえん》は、ダガーが触れるにはまだ早すぎたようだ。
〈神成シオン〉：残念……えっと、貰ったスト○○をどうすればいいかだったよね？　そもそもどういう経緯で貰えたの？
〈†ダガー†〉：俺が落ち込んでるのを心配して、元気付ける為《ため》にくれたみたい！
〈神成シオン〉：じゃあ、ダガーちゃんは今落ち込んでる？
〈†ダガー†〉：うーん……割と元気。貰っただけで元気出た！
〈神成シオン〉：うんうん、じゃあもう飲むでも眺めるでもお風呂《ふろ》に入れるでも哺乳瓶で飲むでも好きにやっちゃおう！
〈†ダガー†〉：えぇぇ……それでいいのかな？
〈神成シオン〉：だって淡雪ちゃんはそのスト○○をダガーちゃんを元気付ける為に渡したんでしょ？　ならその目的はもう達成されているわけだよ。つまりここからはダガーちやんだけの判断でいいってこと！　それにね、きっと淡雪ちゃんも、せっかく元気になってほしいと思って渡したプレゼントで、また悩んでほしくなんてないと思うな

〈†ダガー†〉：確かに……

狂気を秘めていようが流石《さすが》はライブオンのママ。自主性を尊重した上で、的確な言葉でダガーを導いてくれた。

ダガーはシオンにも礼を告げ、もう一度目を閉じて考える。

有素とシオン、２人と話した上でダガーが出した結論は――

「うん！　とりあえず見て楽しんで、周りに自慢しまくって、いつかここぞってタイミングが見つかった時に飲もう！」

それは、紛《まが》うことなくダガーらしい結論だった。

「それにしても、やっぱ先輩方はすげーなー」

清々《すがすが》しい心持ちでスマホを閉じたダガーは、天井を見上げてふとそんなことを言った。

「後輩の悩みにアドバイス出来るだけじゃなく、配信外なのに当たり前のように面白い受け答えが出来て……いや、アドバイスはまだ出来ないかもだけど、きっと面白いネタなら同期の匡《ただす》ちゃんと先生も出来ちゃうんだろうなぁ。やっぱライブオンはすげぇなぁ……」

せっかく一度は晴れた心に、今度は違う靄《もや》がかかり始める。

「それに比べて俺はなぁ……」

実はダガーには、同期にも言っていない、大きなコンプレックスがあった。

「記憶喪失なんて言ってるけど、根が凡人だからなぁ……」

ダガーは、匡の隠されフェチ、チュリリのモノカプフェチなどの大きな個性が、自分には欠けていると常々思ってしまっていたのだ。

ダガーがライブオンに入ろうと思った理由も、同期2人とは違い、『ただ大好きで入りたかったから』それだけだった。その為にダガーは捨て身の覚悟で記憶喪失を装《よそお》い、選考に挑んだのだ。

結果的に受かることが出来たし、デビュー当初は憧れの人達と直接会うことが出来る喜びであまり気にならなかった。だが、ライバー活動に慣れ始めたくらいから段々と『憧れの世界に自分が相応《ふさわ》しいと思えない』という新たな悩みにダガーは直面することになった。

自分なりに頑張ってはいる。だが、記憶喪失という嘘《うそ》がきっかけで選考を突破した以上、それが剝がれた本当の自分にライブオンのライバーとしての自信を持つことが出来ないでいたのだ。

ダガーは全く器用な人間ではない、むしろド天然である。事実として自分が思う厨二《ちゅうに》キャラの口調を守ることだけで精一杯になっており、配信中は何度も記憶喪失が疑われる発言をしてしまっている。

それすらかわいいと言って認めてくれるリスナーさん達などには本当に感謝しているのだが、それも記憶喪失設定があってこそのものであり、ダガー本人の自信には繋《つな》がっていなかった。

つまるところダガーは、嘘の無い自分にライブオンのライバーとしての価値は無いと思っているのだ。

「いやいや、落ち込んでる場合じゃないんだって！　俺は頑張らないと！　ライブオンの一員である為に！」

だが——ダガーには勘違いしていることがいくつかあった。

まず一つは、記憶喪失を装うだけで合格出来るほどライブオンの選考は甘くないこと。

次に、ただ大好きで入りたかったという理由に、非難される要素などどこにもないこと。

そして最後に——淡雪《あわゆき》から貰《もら》ったものは、やはり結局のところスト〇〇であること、である——

第二章

皆の配信を見に行きたかった

「皆様こんばんは、今宵《こよい》もいい淡雪が降っていますね、心音《こころね》淡雪です」

清楚《せいそ》な挨拶から始まった清楚の清楚による清楚の為の配信。今日はあわちゃんモードというわけである。

つまり今日は休肝日……ではあるのだが、実は今日飲んでいないのにはそれ以上の理由があった――

「えーまず、いきなりこんなことを言うのは情けないかもしれないのですが……私少々お疲れモードです……」

それは余りにも生物的な停滞――頑張っていることの証明――

そう、今の私は疲れているのだ……。

「この前のバレンタイン企画で慣れないことに疲れが溜《た》まり、そして昨日は休んでいたはずなのに、なぜか今日目が覚めると疲れが取れるどころか起き上がるのが億劫《おっくう》になる程の倦怠《けんたい》感が体を蝕《むしば》んでいたのです……」

：大丈夫？

：無理しないで……

：お前昨日キュンちゃん育成でこっちが心配になるくらいの大騒ぎしてただろ

：飲みすぎ暴れすぎで疲れただけでは？

：お前騙《だま》したな？

：こいつはくせえッー！　ゲロ以下のにおいがプンプンするぜッー！

：失礼な、淡雪ちゃんはゲロのにおいがするだけだよ

：それリアリティがある分もっと酷《ひど》いだろ

「はいというわけで今日の企画はですね！　こんな時こそ推しの配信を見て元気を貰おう！　私も１人のリスナーとして、皆さんと一緒にライブオンライバーの配信を見に行こうと思います！　確か前にも同様のことをやりましたよね、あれとコンセプトはほぼ同じです」

ツッコミまみれになるコメント欄をスルーして強引に企画を説明した後、私は一つ両手

をバンザイして伸びをした。
「ん～……ふぅ。色々言われてますけど、疲れがあるのは事実なんですよ……ちょっと予想外のことに振り回され過ぎましたね……。一瞬休むことも頭をよぎったんですけど、休んだとしてもやることはゴロゴロしながら配信見るくらいなので、それなら配信しちゃおうかと。もし明日になっても疲れが取れなかったらお休みするかもしれません、ご了承を……」
：ＯＫ！
：今日は力抜いてこー
：頑張ってるもんなぁ……内容はアレだけど
：どんなバカなことでも本気でやってるから疲れるのも分かる
：それは最早《もはや》言い訳が効かないレベルで芸人なのでは……？
私がライバー業をここまでやってきて、今後も長く続ける上で大事だと思ったことの一つに、疲れを正直に言うということがある。
光《ひかり》ちゃんが喉を壊した時もそうだったが、人気がものを言う業界でもある為、自分の完璧な姿や求められている自分をリスナーさんには見せたくなってしまうのがライバーの常だ。

だが、案外リスナーさんの視点に立つとそれは違うことが多い。少なくとも私は推しのライバーは幸せでいてほしいし、無理をしている姿は見たくない。むしろ弱った姿やぐでぐでな姿でも、それを見せてくれるほど気を許してくれているのかと嬉《うれ》しくなる。つーかレアな推しの姿は見たい‼

後ろめたいことがあるとかならまだしも、たまの疲れくらい言って何が悪いのか！　健全な活動はライバーとリスナーの信頼関係があってこそ成立するのだ。手遅れになってからでは双方共後悔してしまう。

「前やった時と同じく、事前に見に行くことはチャットでライバーさんに許可を取ってあります。誰を見に行くかはまだ決めていませんけどね。伝書鳩《でんしょばと》は飛ばしてもいいですけど、それを拾うかはライバーさんに任せています。要は空気を読んで楽しみましょうってことですね！」

：はーい

：大事なことだね

：なんか完全に俺らと同じ視点で見るつもりで笑ってしまったｗｗｗ

：流石ライブオン所属公式ファン

：存在が強すぎる

ふっふっふ、ここまでしっかり前置きをしたのも全て私自身が1人のファンとしてライバーの配信を見る為《ため》！　今日は客観性に徹することでライブオンを発するのではなく補充し、元気を貰うのだ！

毎日のように配信している身だとリアタイで視聴出来る機会が少ないライバーさんもいるからな、でも今日はそんなの関係なし！　テンション上がってきた！

「それでは視聴していきましょう！　最初は誰からいきましょうか？　今配信をやっているのは……あっ、有素《ありす》ちゃんだ、ソロ配信っぽいですね。……あの子、私が絡《から》まないと何をしているのでしょう？」

根はいい子なのは分かっているが、日々私のとんでもないことを検証する配信を開いたりしているのを知っているので、少々警戒してしまう……。

「配信タイトルは……『背後に気を付けるのであります』。え、怖い……なんでしょうかこれ？　ホラーゲームでもしているのでしょうか？　それともステルスゲーム？　あっ、配信自体はさっき始まったばっかりみたいですね」

まぁ私の自意識過剰かもしれないし、ゲームやってるならそっちに夢中になって私のこと気にし過ぎないでいてくれるんじゃないかという希望的観測もある。純粋にゲームを楽しむ有素ちゃん……うん、普通に見てみたい。

──チャレンジしてみるか。

「よし決めました！　まずは有素ちゃんから見ましょう！　もしまた何か変なことをやっていたとしても、所属ライバーである以上に1人のライブオンリスナーである今の私なら笑って楽しめるかもしれない！　それでは、失礼しまーす！」

いざ、有素ちゃんの配信を開く。

『いらっしゃいませでありますます淡雪殿』

「てめー全部見てやがったな？」

企画が倒れる音がした……。

：!?!?

：なぜ分かった!?

：なるほど、あわちゃんと同じことをやってたのか笑

：まじでビビった……

：配信タイトルそういう意味かよｗｗｗ

：待ち伏せ配信とでも呼べばいいのかな？

：互いの配信を覗《のぞ》き合う不可解な状況が出来たな

：谷崎潤一郎『鍵』の現代語訳版かな？

：誤訳版なんだよなぁ

：なんで最後に清楚の擬人化である淡雪殿の配信からスト○○の化身であるシュワちゃんの汚いオラつき声が？　ボブは訝《いぶか》しみつつスト○○を飲んだ

「有素ちゃん、何やってるんですか……？」

『推し活であります』

「そうじゃないでしょ、なんで配信を開いて私の枠を見ているのかを聞いているんです」

『びっくりしたであります』

「それはもう。リアルドキドキ文○部ですからね今の」

『ぬきぬき手芸部始まるでありますか？　はぁ、はぁ、はぁ、はぁ！』

「なんで始まると思ったんですか？」

いやいやなんでいつものノリで下ネタにツッコミ入れてるんだ私、今はそれより言うべきことがあるだろ。

「有素ちゃん、私達今ヨーチューブの配信を通話手段にしている状態なんですよ。ヨーチューブもびっくりですよこれ。なんですかこの遠回しな手段？　こんなの楽しめるの付き合いたてのバカップルくらいですよ」

『こ、告白でありますか？　生殺与奪の全権委譲を前提に謹んでお受け致すのであります』

「接近禁止命令を前提に謹んでお断り致します」

『どうしてでありますか？　私これでも結構稼いでいるでありますよ？　一生のヒモ生活を保証するのであります』

「そのお金を頂いている人達の前でなんてこと言ってるんですか？　これ通話は通話でもワンクリックで傍受できるガバガバセキュリティなんですよ、今の同接数を見るに渋谷の駅前で大声で叫んでいるのと変わらないんですよこれ」

『ロマンチックでありますね！　昔のトレンディドラマみたいであります！　小田《おだ》〇正《まさ》さんの出番であります！』

「ヒモにする宣言はどう頑張ってもロマンチックにはならないんですよ、小田さんも言葉にできないしか歌えないから」

『大丈夫であります。私のリスナーさんは徹底的に訓練されているので、淡雪《あわゆき》殿に貢《みつ》がれる前提で活動を支えてくれているのであります』

「貢がれる側である私がいたたまれないんですよ！　言っておきますけど私有素ちゃんから貰《もら》ったスパチャは全額覚えていますからね？　いつか返しますから」

『それは困るのであります……ファンとして恥なのであります……そうだ！　その時は淡

雪殿がその時穿《は》いていたパンツを代わりに貰いたいのであります！』
「ええ普通に嫌だ……なんですかそのとんでもない価値のパンツ、高級ブランド品でも聞いたことないですよ……」
『エル〇スの淡雪殿のパンツなのであります』
「そのような商品は販売しておりません」
：草でドッジボールするのやめろ
：これもう音楽だろ
：バイブス上がってきた
：通話どころかコラボ始まってて草
：有素ちゃんのチャンネルが淡雪ちゃんのサブチャンって言われてるのは笑った
：ブルセラヒモ野郎の淡雪ちゃん
『淡雪殿。話は変わりまして、配信タイトルでも警告したでありますが、いささか無防備過ぎるでありますよ。もし背後に居るのが私じゃなかったら、淡雪殿は今頃妊娠しているのであります』
「そんな発想力を持っている人が背後に居るだけでとんでもない恐怖ですけどね」
『淡雪殿はもっと自分の存在価値の高さを自覚するべきなのであります。今日も話を聞くにお疲れとのことで、マッサージや整体に行くのも手段としてあったわけであります』

「前半はさておいて、後半は言われてみればそれもありでしたね……有素ちゃんもたまにはいいこと言いますね」

『ここにね、スト○○が集まってるんですよ、スト○○の流れよくしていきますね～』

「帰ります」

『淡雪殿、そこは「これ、本当にマッサージなんですか？」と言わないとだめなのであります』

「君本当にマッサージモノ好きですね……どう考えても違うでしょ。リンパならまだしもスト○○がどこに溜《た》まるんですか」

『胃と肝臓なのであります』

「それはそう」

『中からほぐしていきますね～』

「コワ⁉　まさかのサイコホラーエステモノＡＶだった⁉」

『そんなジャンル無いのであります』

「さっきからたまにマジレス挟むのなんなんですか⁉　ああもうなんか当初の目的すら分からなくなってきた……」

なんでこんなやり取りしてるんだっけ？　いやそもそも今日の配信のテーマってライバーさんの配信を見に行くことだったよね？　なんで思いっきり私がトーク捌《さば》いてるの……？

『すみません淡雪殿、まさかの最初に選んでいただけるとは思わずテンションが上がり、配信の邪魔をしてしまったのであります。どうぞ次のライバーを見に行ってほしいのであります』

「え？　それでいいんですか？　私このまま有素ちゃんとコラボになる流れかと思っていたのですが……」

『推しの活動の邪魔はしない、当然のことなのであります。それに、私からしてもこのやり取りは本来の趣旨から外れてしまいまして』

「え、そうなんですか？　私のこと待ち伏せしていたんじゃなかったんです？」

『はいであります。むしろずっと誰かの配信を見る淡雪殿を眺めているつもりだったのであります』

「な、なぜ？」

『先日スト○○とディープキスをする淡雪殿を見た時、なんと言いますか、これはこれでクルものがあると感じまして……今日は私以外のライバーで楽しむ淡雪殿を見て悔しがる私の姿を、リスナーさんに見てもらう予定だったのであります』
「NTRに目覚め始めてる⁉　やめてくださいよ有素ちゃん今の時点でキャラ濃いんです
からこれ以上は供給過多です！」
『自分に嘘《うそ》をつかない主義なのでそれは難しいのであります。えーっと、つまりはそんな
わけなので、淡雪殿は気にせずに他のライバーさんの枠に行ってほしいのであります。そ
もそも私としても淡雪殿の疲れを増やすのは本望ではないのであります』
「そ、そうですか……分かりました。それじゃあまた今度、私も万全な時にコラボしまし
ょうね」
『はいであります！　心からお待ちしているのであります！』
こうして一枠目、有素ちゃんの配信の視聴……というか、参加は終わった。
「企画倒れになりそうでしたけど、なんとか立て直せそうですね。それにしても有素ちゃ
んにNTRのケがあったとは……私はまだその域には達していない人間なので、驚きを隠
せません……」
：よかったのかよくないのか……
：キスの時コメ欄で荒ぶってたもんなぁ
：ましろんにやたら絡んでたのも意味変わってくるんじゃないか……

：これからどうなってしまうのか……

：まだ蕾《つぼみ》だからセーフ

「そうですね、今は考え過ぎても疲れが溜まるだけですし、今度こそライバーさんに元気を貰いに行きましょう！」

次は誰の配信を見に行こうか？　……今のをカウントしていいのか分からないけど。

もうね、言ってしまえばまだ企画が始まってないのよ。思いっきりタイトル詐欺状態なんよこれ。

次こそは客観的にライブオンを楽しむのだ。もうチャレンジはしない、安定択を取りに行くぞ。

「……あ、ちゃみちゃんやってる！　しかも配信タイトルを見るに、光《ひかり》ちゃんとオフで会ってマッサージをしてあげているみたいですよ！」

なんだこれは、マッサージの音でリラックスし、同時にてぇてぇを摂取出来る……お疲れの私が見るのにこれ以上は無い程完璧じゃないか！　有素《ありす》ちゃんにもさっき勧められたし、なんてタイムリーなんだ！

「そういえばこの前、ちゃみちゃんが耳以外のマッサージの音も研究を始めたって聞いたんですよね、それの練習なのでしょうか？」

肩を叩《たた》く音とかツボを押した時の凝りがほぐれる音とかって、聴いているだけでこっちまで気持ちよくなってくるんだよなぁ。

光ちゃんにマッサージ……ちょっと苦い？　記憶を思い出してしまったが、まぁちゃみちゃんなら大丈夫でしょ。今回私は第三者だし、少なくとも私みたいに調教はしないはず。

「もうこれ以外ありえないでしょう！　配信が終わっちゃう前に、早速見に行きましょう（カチッ）！」

配信を開きながら、音の力ってすごいなーなんて思う。

『安易な耳舐《な》めが許せない！　安易な耳舐めが許せない！　安易な耳舐めが許せない！　安易な耳舐めが許せない！　安易な耳舐めが許せない！　安易な耳舐めが許せない！　安易な耳舐めが許せない！　安易な耳舐めが許せない！　安易な耳舐めが許せない！』

『ああああ――ッ‼　ちゃみちゃんもっと強く！　もっと強く踏んでぇ！　もっと理不尽な怒りを光に叩きつけてえええぇぇぇ‼‼』

「おーおー今日もライブオンは地獄《へいわ》ですねー」

うん、ほんと音の力ってすごいわ（）。

……なんだこれ……

：俺も開いた瞬間配信間違えたかと思ったわ
：マッサージと光ちゃんの組み合わせはやっぱりこうなるのか……

：どんな状況⁉

：ASMRマイクちゃんの前でなんてことしてんだこいつら‼

『最近の音声作品は一体どうしちゃったの⁉　まるで義務かのようにどんなジャンルにも耳舐め耳舐め耳舐めって、そんなに水音が聴きたいなら水の中に頭突っ込みなさいよ‼』

『あひぃ！』

『ねぇどうして？　どうしてこんなことになっちゃったの？　教えてよ光ちゃん』

『ど、どうしてかな？』

『それがブームだからに決まってんでしょうが――‼』

『あああぁーッ！　ひぎぃ！　ごめんなさいいいぃぃ‼』

『私は物申したい！　耳舐め一色になった音声作品業界に物申したい！　耳舐めはジャンルの一つであるべきであってなんにでも付け加えればいいものじゃない！　確かに破壊力はあるけどだからこそ時と場合が重要なの！　なんにでもニンニクマシマシが料理じゃないのと同じ！　この業界は音声作品であって耳舐め作品じゃないでしょ！』

『はぁ、はぁ、はぁ、ヒステリックガチギレちゃみちゃん、いい‼』

さっきはちゃみちゃんなら大丈夫と思ったが、よくよく考えれば最近ちゃみちゃんで大丈夫だったことがない。第三者とか調教はしなそうとか最早《もはや》そんな狭い範囲の問題ではないのだろう。
どうしようこれ……とりあえず情報集めるか。
「あの、なんでこうなったのか知ってるリスナーさんいますか……？」
：君だよ
：お前のせいやで
：お前じゃなかったらこれ事件だよ
「はい⁉ 私のせい⁉ どういうことですか⁉」
その後、リスナーさんがコメントに書いてくれた情報を集めると、経緯はこうだった。
1・ちゃみちゃんが光ちゃんをマッサージ配信に誘う
2・例の件《くだん》の影響で光ちゃんの中では完全にマッサージ＝痛いこととされる認識、ＰＯＮなちゃみちゃんそれに当然気づかない
3・踏んでくれるかな〜とウッキウキで配信に向かった光ちゃん、普通のマッサージだったことに絶望
4・光ちゃんを元気付ける為《ため》に踏む決心をしたちゃみちゃん、でもどうしても遠慮してし

まう
5・対応策として抱えている怒りをぶつけることを光ちゃんが提案する、脳裏によぎる耳舐めにちゃみちゃん激怒
　こうして今に至るわけらしい。

「なんかもう……自分の影響力がオーバーロードしてて制御出来ない……アイ○ズ様ってこんな気分なのかな……」

　頭を抱えずにはいられない私なのだった。

　私は常々《つねづね》ちゃみちゃん覚醒は私のせいではないと言い続けているが、段々それも自信が無くなってきたよ……。

　それでも、性癖に魅入られた者として、ちゃみちゃんが耳舐めに物申していることを意外に思う自分も同時にそこにいた。嫌でも配信が気になってしまう自分が悲しい。

　だって仕方ないじゃん！　ちゃみちゃんってめっちゃ耳舐め好きそうな印象あるじゃん！　ちなみに私は大好きです！

　だが、やはりというかなんというか、疑問に駆られてその後も配信を聴き続けると、ちゃみちゃんにも事情があったようで――

『シチュエーション的におかしいとか、どう考えても耳舐めしなそうなキャラが設定丸投

げして、まるでやらされたかのようにべろべろやりだすのが私は我慢ならないの！　そういうことをやられると裏の事情が透けて見えて一気に萎えるのよ！　そもそも音声作品って聴覚にのみ訴えかけることで得られる没入感が魅力なんじゃない、なのに現実に戻すようなことしたらダメでしょ！　音声作品は繊細なのよ！　ねぇ？　光ちゃんもそう思うでしょ？』

『はぁ、はぁ、ちゃ、ちゃみちゃんはその耳舐めが嫌いなの？』

『は？　嫌いなわけないじゃない。こちとら耳舐めが流行《はや》るずっと前から古今東西あらゆる耳舐めを聴きつくしてきた耳舐めソムリエなのよ？　私はね、好き嫌いとかやっかみとか逆張りじゃなく、評論家として意見を述べているのよ』

『ちゃみちゃん』

『何かしら？』

『それってね、聴きすぎて飽きてきちゃった部分があるんじゃないかな？　ほら、最初は夢中になってても、しばらくしたら慣れちゃって悪いところが目に付くようになっちゃうことってあるでしょ？』

『…………』

『…………』

またいきなりすごいこと言い出したぞこの子……。

『しかも許すだけじゃないわ、舐めてくれたらもっと踏んであげるわよ？』

『あれ？　でもちゃみちゃんはさっきまで耳舐めが許せないって話をしていたような？』

『もう、ちゃんと話を聞いてちょうだい。要はシチュエーションによるってことなのよ』

『んー？　でも今の状況から言うと、今の今まで踏んでた女の子に突然耳舐めされるってことだよ？　それってシチュエーション的にＯＫなの？　しかも光《ひかり》って耳舐めのイメージがあるキャラでもないよ？』

『光ちゃん。目の前の性的対象がリアル耳舐めをしてくれることに比べたら、他のあらゆるシチュエーションやキャラクター性は二の次になるのよ。今私は初めてのリアル耳舐めを体験出来る可能性に猛烈に興奮しているわ』

「これはちゃみちゃん推しでも流石《さすが》にツッコミを入れるべきなのではありませんか……？」

：自分を棚に上げるってレベルじゃねーぞこれｗ

：評論家が性欲に負けてどうする……

：性欲は知性から最も遠い感情だよ

：ソロ配信では根っからの音の探究者で尊敬も出来るから……

：やっぱりエッチなら何でもいいよなぁ！（大声）

『ほら光ちゃん、早く早く！』

『……うーん』

『何をそんなに考え込んでいるの？　耳舐《な》めをすればもっといじめてあげるわよ？』

『それは魅力的な提案だ……だけどここは……やだ！』

『……き、聴こえなかったわ、もう一回言ってくれる？』

『やーだ！　何があっても絶対にやってあげないもんねー！』

『――――そう。光ちゃん、股を開きなさい』

『へ？　あ、足が⁉　ま、まさかこれって、電気あんま⁉』

『今から生意気な光ちゃんに厳罰を与えます』

『そ、そんなぁ……ふへへ、計画通りだぁ……』

本当に配信で何やってるのこの子たち……あと光ちゃん、最後小声で変なこと言ったな？

『……ん？　あら、この配信淡雪《あわゆき》ちゃんが見に来ているみたいよ』

『え⁉』

『あはっ、丁度いいわ！　淡雪ちゃん！　今から私がこの陽キャを屈服させるからよーく見ててね？　ほらっ！　ほらほらほらほらっ！』

『あっ！♡　あぁぁ♡‼』

『あはははは
っ！　見てる淡雪ちゃん⁉　私達陰キャを常に踏み台にしてくる陽キャを！　今！　逆に足蹴にしてやってるわよ！　さぁ光ちゃん！　もっと鳴いてそのなっさけない姿をご主人様にも見せてあげなさい！』

『あぎっ！♡　ひぎいいぃぃ！♡　み、見ないで！　こんな情けない光を見てぇじゃなかった！　見ないでぇ！　見ないでぇぇぇ！　おひいいぃぃぃ！♡　あぎゃああああああ‼♡　ご主人様ぁぁ！　もっと冷たい目で光のことを見てええええええぇぇぇぇ‼‼』

カチッ。

私は配信を閉じた。

いつもと比べると配信を終えるには少し時間が早い。探してみると、この時間お邪魔してきたライバーの他に聖《せい》様が配信をしていることに気が付いた。

配信を開いてみる。

『いい加減そろそろ出ないかな……おちん……⁉⁉　キタアアアアァァァ――‼　おちんちん！　おちんちん出た‼　おちんちん出たあああぁぁ――‼　チンチロリンでおちんちんぽろり――――ん‼‼‼』

カチッ。
私は配信を閉じた。
「ふう………」
そして私は一息ついた後、にこやかな笑顔でこう言った。
「寝ますか‼」
：はいwww
：疲れてる時はそれが一番だね笑
：なんでや！　光ちゃんエッだったやろ！
：自分のせいでこんな痴態で喜ぶようになったと思うとね……
：これを有素《ありす》ちゃんも見て喜んでると思うと草
：実質連結プレイじゃん
：淡雪ちゃんの穴が足りねぇよ……
：聖様は自重しろ
まさか同箱の配信を見るだけでこんなにいたたまれない経験をすることになるとは思わなかったよ……。
ちなみに、少し早く配信を切り上げてぐっすり寝たおかげか、翌日には疲れはすっかり

取れていたのだった。

そうだ、あの地獄絵図は私のことを気遣って早めに休むことを遠回しに勧めてくれたと思おう！　うんそうしよう！　あはははははっ！　ありがとう皆！　あはははははははっ！

ワードウルフ配信

企画倒れ配信から二日後の今日。体調も万全に回復したところで、早速コラボに参加しちゃおう！

実は今日のコラボは前々から楽しみにしてて、この日の為《ため》に体調を整える時間を作ったと言っても過言ではないのだ！

その企画というのは――

「ワードウルフコラボ、ここに開幕ゥゥゥゥ――‼‼」

私の配信開始宣言に合わせて、パチパチと参加者からの盛大な拍手が鳴り響く。

「というわけでカンパ――――イ！」

「なっ、乾杯⁉　宮内《みやうち》はまだお酒飲めないのである⁉　ど、どうすれば……」

「せっかくだし先生は飲もうかしら」

「シュワちゃん、挨拶からアドリブしないの。匡《ただす》ちゃんも乗らなくていいから。先生も酔っ払い２人もいてワードウルフはグダグダになりそうだから勘弁してね」

「今回は私ことシュワちゃんとましろん、そして五期生の匡ちゃんとチュリリ先生でお送りするどー‼」

：パチパチパチパチ！

：キター！

：カンパーイ！

：初見の面子《メンツ》だ

：人狼《じんろう》を開く前に人間を集めてこい（片やスト○○、片や宇宙人）

：ライブオンは人間（常識人）を特定して吊《つ》る逆人狼デスゲームを裏で開催しているハコということに俺だけは気づいている

：→それだったらまだよかったね……

「配信タイトルの通り、今回はこの４人でワードウルフをやっていくどー！　早速ルール説明を！」

基本ルールは一般的なワードウルフに準拠したものだ。

１・ゲームの参加者には共通のお題（例・テニス）が配られ、市民役になる

2・ただしその中で1人だけ共通点はあるが違うお題（例・卓球）が配られ、人狼役になる

3・参加者は人狼役含めて自分のお題しか見ることが出来ない

4・参加者は制限時間（今回は二分間）の間に配られたワードについて話し合う

5・制限時間終了後、吊る候補を決める投票を行い、市民役が人狼役を吊ることが出来れば市民の勝利、市民を吊ってしまえば人狼役の勝利となる

6・最後に、もし人狼が負けたとしても、市民のお題を当てることが出来れば逆転勝利となる

「このセットを繰り返すわけだね。ワード人狼とも呼ばれるこのゲーム、面白いところは人狼役ですら最初は自分が市民だと思ってスタートするところかな。前にやった監禁人狼とはまた違う読み合いを楽しめるわけだ！　そしてここでハウスルール！」

前記のルールに今回は後記のハウスルールを追加してゲームを行う。

7・ゲームの進行役であり、各自で用意したお題を割り振るGM役はゲーム1セットごとに交代する

「今回は4人だから、3人がゲーム参加者で1人がGM。このGM役が交代していくわけだね。当然だけどゲーム中コメント見るのは禁止！　ルールは以上！」

：了解です
：お前らのような市民があるか
：市民（革命中）
：各自で用意のところにちゃんと※付けろ
：⚠の方がいいかと
：ライブオンに自由を与えるのはまずい

「おっしゃ、それじゃあ始める前に意気込みでも聞いちゃおっかなー。私は純粋に酒のつまみとして楽しんでいくどー！」

「僕は人狼系得意だからね。今回も負ける気はしないかな」

「宮内は近頃あらゆる視点からライブオンの是非を試すことに活動の焦点を当てている。このゲームへの参加もその一環なのである。各自覚悟するように」

「人類のお遊戯なんて面倒くさいわ。先生帰ってもいい？」

「いいのか？　宮内さんお題どうしよう⁉　いや参加者の宮内に聞いたらダメだろ。なんてやりとりも前にあったくらいだし、お題頑張って考えたのであろう？」

「「へー（ニタニタ）」」

「ッ……そんなこと言ってませんー」

「言ってないことにしてほしいみたいである」

「『はーい（ニタニタ）』」

「はーウッザ！　これだから人間は！　ほんっとウッザ！　は――――ッ！」

：ムシキ○グの人かわいい
：そんな無垢《むく》な少年みたいな呼ばれ方されてるのか……

：イメージと違いすぎて草
皆やる気満々みたいだね！　それじゃあワードウルフ、はじまりはじまりー！

満を持して始まったワードウルフ、最初のGMは匡ちゃんだ。

最初に各参加者にチャットでGMからお題が配られる。


『ピアノ』


私に配られたお題はこれだった。

「用意はいいな？　それでは、二分間の話し合いスタートである！」

匡ちゃんがゲームの開始を告げる。これ以降GMは傍観だが、だからと言って退屈というわけでもなく、マイクをミュートして、答えを知る立場として私たちのやり取りの滑稽さや鋭さをリスナーさんと楽しむことが出来る。私がＧＭの番もこれまた楽しみだ。

さて、それじゃあ話し合いますか……ピアノだったよな。これが私だけに配られた少数派のお題で私が人狼なのか、それとも仲間のいる多数派なのかを特定していくわけだよね。

最初は本質ではなくそれとなく探りを入れる感じで――

「いいなぁとは思うよね？」

「そうだね」

「先生も同意よ」

ふむ、２人とも嘘《うそ》ついてる感じじゃない同意の早さだったな、つまり皆いい印象を持っているってことは分かった。

「憧れとかない？」

「あー分かる！」

「まぁ確かにそうね」

今度はましろんからの質問、私の質問を発展させたもので、これも恐らく皆変な点は無し。

「ちなみにやったことある人っている？」

ましろんが踏み込んでもいい話題と判断したのか、自分で質問の主導権を握り始めた。

それにしてもやったことあるかねぇ……弾いたとは言ってないけど、これも釣り糸を下げた感じかな。

「私は無いなぁ……触ったことくらいなら昔あるかも。先生は？」

まだ時間はあるので、一旦それを標的を変えながら躱《かわ》す。

「先生は近い物なら持っているわよ」

「え、本当に⁉　いいこと聞いちゃった」

「ほー！」

先生の発言を聞いて、反応したましろんと私の声は、まるで獲物を見つけた肉食獣のようであった。

「な、何かしら？　持ってて悪いの？」

「いやいや、僕はすごくいいと思うよ。ちなみに～使用用途とか教えてもらってもいいかな～？」

「えー……全然得意じゃないのよ？　ほぼダメなくらい。ただ、すごく満たされるの」

「満たされるねぇ～」

「ほーほー！」

これはつまり、ピアノを持っている印象が先生に無かったので、そこに食いついたわけである。近い物と補足はしていたが、私の記憶では楽器関連の話すら先生がしたことはなかったはず。

だがまだ確定ではない、満たされるもまぁ分からなくはないからね。ここから巧みな質問責めでどんどん獲物を逃げ道のない行き止まりまで追い詰めていくのだ。

「もっと話聞かせてよ。満たされるって言ったけど、もうちょっと詳しく……そうだ、こういうところが好きだから満たされるーみたいなの教えてほしいな」

「おほ――（、ε ＾）」

「……先生ばっかりじゃなくて2人の話も聞きたいわ、淡雪《あわゆき》さんとましろさんはどうなのよ」

「そもそも私は持ってないからなー。手に入るんだったら欲しいとは思うけどねー」

「僕も似たようなものかな。それで先生は？」

「おほほほほほ――（＊、ε ＾＊）」

「うぐッ……」

先生もいよいよ焦《あせ》りが明確に出てきたのだろう。実際今のやり取りの中で私とましろんは同じお題が割り振られているという確信が高まり、しかも先生だけ質問に答えないのもおかしい流れだ。

「先生は～……多様性があるところが好きかしらね、美しいなり汚いなり無数の愛の形があるところとか」

「へーそうなんだ～？　ふーんふ～ん？」

「んほおおぉぉイグぅぅううう————∵:(;ﾟ益ﾟ;):∵————‼」

「ど、どうしたの淡雪さん⁉」

「あー、これはイッちゃったね」

「イッた⁉　何故《なぜ》⁉」

「先生が」

「イってないわよ！　確かにエッチなお題だとは思ったけど！」

「エッチなお題なんだ？　へー」

「あっ、それはちがッ⁉」

「ふっ、ナイス演技だよシュワちゃん」

「はぁ、はぁ、ましろんの質問責めスケベ過ぎ、はぁ、はぁ」

「⁉」

「二分間経過！　話し合い終了なのである！」

静寂と化した場に匡ちゃんの声が響き渡る。どうやら制限時間が終わったようだ。

「それでは投票だ。怪しいと思う人の名前を宮内《みやうち》のチャットに送ってくれ」

「僕シュワちゃんに入れようかな」

「なんで⁉」

「心が狼《おおかみ》だから」

「大丈夫！　新しい人狼《じんろう》の楽しみ方を見つけて大興奮だったけど、ギリギリで耐えたから！」

「ギリギリのところまで昂《たかぶ》ってた時点で勘弁だよ。まぁ同期のよしみで真面目に投票したよ」

「私も投票したどー！」

「もうこのゲーム嫌いだわ」

もう結果が見えているのだろう、先生はそう憎まれ口を利《き》きながら投票を終えた。

「よし、投票完了である！　それではご開票の時間だ！　結果は――」

匡《ただす》ちゃんが勿体《もったい》に勿体ぶり、その結果を告げた。

「先生2票！　シュワちゃん先輩1票！」

「知ってたわよ！」

先生のツッコミに思わず笑ってしまう私とましろん。

まぁこうなるよね。私に入った1票は先生からのものだろう。これで後は答え合わせしてゲームは終わりだ。

王道な流れだったから最初のゲームとしていい感じだったんじゃないかな？　匡ちゃんらしいクリーンなゲーム展開だったね。

「それでは一番票を集めた先生！　お題を発表するのである！」

「はぁ……ピアノよ」

「え？」

「あら？　どうしたの淡雪さん？」

……ん？　あれ？

「うむ！　というわけで、このゲームは人狼であるましろ先輩の勝利なのである！」

「え？　人狼？　僕？」

「ッ……ふふふ……」

「「「え？」」」

上品ながらも笑いを堪えている様子の匡ちゃん。それに対して困惑の声をひたすら繰り返す私達。

やがて困惑が過ぎ去ると、次に数秒の沈黙が訪れた。

………………。

「ちょ、ちょっと待てえええええええええええええ――――‼‼」

そしてその沈黙は、私の叫びによって木っ端《こっぱ》みじんに破壊されたのだった――

「は⁉　先生も『ピアノ』⁉　私と同じじゃん‼」

「僕人狼だったんだ……ちなみに『ギター』だったよ」

「あらら、結局負けなのね……。やけにそっちの話が一致しているから先生も自分が少数派だと思っちゃったわ。全くもう、人狼に騙《だま》されたらダメじゃない淡雪さん！」

「ふざけるなあああぁぁぁ――‼」

先生の言葉に私は全力の抵抗を表した。

そして今度は私が非難する側に立つ。聞きたいことが山ほどあるのだ！

「まず、先生ピアノ持ってるの⁉」

「そのものは持ってないけれど、シンセサイザーなら持っているわ。ちゃんと鍵盤も付いているし、ピアノの音も鳴るタイプの物よ」

「シンセサイザー……？　それでも先生が持ってるの違和感なんだけど……弾くの？」

「いいえ、弾くというより創造するのよ――愛を」

「は、はぁ？」

首を傾《かし》げる私とは対照的に、先生は口調を昂らせながら言葉を続け始める。

「シンセサイザーってね、音を自分で作れるのよ。色んな波長を組み合わせて、そこにエフェクトなんかをかけたりしてね。これって……いわば愛の創造じゃない？　出来上がった音は音の両親たちの愛の結晶よね？」

「ましろん通訳頼む」

「がおがお！　狼だから分からないがお！」

「は？　キレそう」

「泣いていい？　僕突然の無茶ぶりに頑張って応えたんだよ？　内心めちゃくちゃ恥ずかしかったんだよ？」

「OK、それじゃあもう我慢しないね、ペットにして一生監禁するからね」

「訂正、もっと怒っていいから逃がして」

「話を聞きなさい！」

私たちの反応に納得いかないのか、先生が更に説明を続ける。

「あのね、分かったわ、じゃあお題のピアノで説明するわ、こっちの方が分かりやすいでしょう。ドの音があるでしょう？　ミの音があるでしょう？　ソの音があるでしょう？　一つ一つは簡素な音でも、同時に鳴らせばコードになって綺麗《きれい》な響きになるでしょう？

これはね、つまり子作りなのよ」

「ましろん通訳頼む」

「これ以上やると身の危険を感じるからやらないよ」

「まぁ聞きなさい。無理やり人に当てはめてあげるわ。ドが男、このドがミの女と出会い、ソというストーリーを歩んでCコードという子供が生まれるの。これはメジャーコードだからハッピーエンドね。これがマイナーコードになれば美しくも悲しい悲劇に、もしくは音を間違って不協和音になればバッドエンドになるわけ。どう？　分かった？」

「ちゃみちゃん呼んでくる？」

「あの子は専門が違うから、多分この場に呼ぶと喧嘩《けんか》になるよ」

「……これでも分からないなんて、人類はなんて愚かな生き物なの……」

先生がありえないものを見たような反応を見せているが、それはこっちがやるのが正しいと思う……。

でも、まぁ実際のところは――

「実のところ、私は完全に分からなくはないど？　ただ理論は分かっても理解は出来ないというかね……」

「あー、僕もそんな感じかも。多様性とか言ってた意味は何となく分かった」

「本当⁉　え、先生嬉《うれ》しいわ！　じゃあねじゃあね、更に分かりやすくしましょう！　曲ってあるじゃない？　曲を嫌いな人なんてそうそういないでしょう！　あれはね、曲の全体像という星の下で、一つ一つの音が命を与えられ、愛に生き、物語を紡《つむ》ぐ——そうして生まれた質量なき新世界なのよ！」

「なんか一周回って音楽の巨匠みたいに見えてきたど」

「この人楽器弾けないみたいだけどね」

まぁ私の中では納得がいったので、次のゲームに進もうかと思ったその時、ましろんが思い出したようにこう先生に聞いた。

「あっ、でもエッチな話題って先生言ってたよね？　これエッチではなくない？」

「ピアノのハンマーが！　弦に！　強弱をつけられながら！　音を立てて叩《たた》きつけられているのよ！　なんていやらしいのかしら⁉　ピアノは子作り工場なのよ‼」

「「うわぁ……」」

最後にましろんと今までの理解を全て吹き飛ばすドン引きをしたところで、GMの匡ちゃんがこのゲームの締めに入った。

「うむっ、このくらいでこのゲームは終わりだな。ふっふっふ、どうだ？　中々面白い展開になったのではないか？」

「そうかもしれないけど、人狼だけじゃなくて各市民の思考に対する読みも必要とか分かるか！」

「ライブオンワード人狼っていう新しいゲームだねこれ。勝ったのに負けた気がするよ」

「先生はね、嘘《うそ》をつきたくないだけなの。先生だけ周囲に合わせて思考全てを偽れなんてあんまりじゃない」

：おつ！　￥５０００

：市民が市民に騙されてて草

：ライブオンはこうじゃないとなぁ！

：ましろんが癒《いや》し枠過ぎる

：結局シュワちゃんもイッた側だったのか

：先生がヤバすぎて目立たなかったけどシュワちゃんも言動相当やばかったからな！

さて、これでこのゲームは終了、ＧＭも交代だ――

二回戦、今回のＧＭはましろんだ。

私に渡されたお題はこれだった。

『スト○○』

これを見た瞬間、私はましろんにやってくれたなと思いつつも、口が開くのを止められなかった。

「これはもう私と言えばでしょ！」

まるでそれは体がそう動くことを決定付けられているかのようだった。嬉しさに笑うように——悲しみに涙するように——

そして言い終わった後にやってくるのはしまったという焦《あせ》り。私はこのお題がましろんの罠《わな》で少数派であり、全く違うお題が割り振られていた多数派にボコボコにされる展開と予想したのだ。

だが、待っていたのは意外な展開だった。

「まぁそうであるな」

「ああ、やっぱりそんな感じなのね。絶妙な組み合わせってやつなのかしら」

まさかの2人とも肯定的反応。

これに自信を持った私は、もう私を止めるものは何もないとばかりに、溢《あふ》れんばかりのスト〇〇への愛《あい》で話し合いを先導した。

「もうね、私とこれは恋人みたいなものだから！」

「こ、恋人……まさかとは思っていたが、やはりそんな関係なのだな」

「……あー！　はいはい！　うんうん、淡雪《あわゆき》さんにとってはそうよね！」

もうここからはワード人狼《じんろう》とか関係ない。私はひたすらにスト〇〇ちゃんに対する愛を語り続ける。

「もうこれは愛だよ愛。数えきれないくらい体を重ねてきた今でも、その度にあぁ、愛してるなぁ、愛されてるなぁって感じるの……」

「体を重ねる……はわわ、はわわわわわ……」

「いいわねぇいいわねぇ！　この調子で人狼を愛で負かしてやりましょう！」

言葉にして吐き出しているはずなのに、この心に愛は増していくばかり。そうして私は悟るのだ、この命が女として生まれたわけを。

「私は貴方《あなた》の妻として、病める時も健やかなる時も、悲しみの時も喜びの時も、貧しい時も富める時も、貴方を愛し、貴方を助け、貴方を慰め、貴方を敬い、この命のある限り心を尽くすことを誓います」

「キャー‼　プロポーズ！　プロポーズしたのである！　しかもロマンチックで素敵な言

葉だ……憧れちゃう……」

「匡《ただす》さん、少女趣味が出てるわよ……こんなのが好きなのね貴方……」

「はい終了！」

これからが本番というところだったのだが、ましろんの声で話し合いは中断された。残念なことに制限時間が来てしまったようだ。

さて、ここからは前のゲームと同じく投票をするわけなのだが――

「あれー？　今の話し合いで人狼らしき人なんていなかったど？」

匡ちゃんも先生も私の話に同意しているように見えた。つまりは会話が一致していたということだ。誰に投票していいのか分からず私は首を傾げてしまう。

「宮内《みやうち》は投票完了だ」

「先生もよ」

「え、本当に⁉」

だが、ここも同調が返ってくると思っていた2人は、私とは対照的に一切の迷いが無い様子で投票を完了した。

戸惑いつつも私も慌てて匡ちゃんに票を入れた。理由と呼べるようなものはない。強いて言えば先生より取り乱しているように見えたからだ。

そして迎えた投票の結果発表――

「結果は――匡ちゃん1票！　シュワちゃん2票！」

「あぇ？」

ましろんの口から告げられた結果に、私は間抜けな声を返すことしか出来なかった。

「というわけで、吊《つ》られることになったシュワちゃん、お題を教えてくれるかな？」

「え、えぇー⁉」

ようやく自分の置かれた状況を理解し、驚きの声をあげる。

「なんで私なの⁉　おかしなところなかったじゃん！」

「まぁまぁ落ち着いて、一旦お題を皆に教えてあげてよ」

「え……『スト〇〇』だったけど……」

「はぁ、そんなことだと思ったのである」

「あー……最初の方は淡雪さんが面白かったからまだ楽しめたけど、全て理解した後だと先生イライラしてきたわ……」

私のお題を聞いて、匡ちゃんは話し合いの時に比べ明らかに白けた様子になり、先生に至ってはなぜか不快そうである。

だがこの反応を見て、一つ分かったこともある。

「はい。というわけで見事、市民側は人狼を吊ることに成功しました」

そう、ましろんが今言った通り、私は人狼側で、しかもあっけなく特定され吊られそうになってしまったのだ……。

「そんなぁ……なんでー？　話は合ってたのに……」

「まぁまぁシュワちゃんや、まだ諦めるのは早いよ。人狼にはここから逆転のチャンスがあるんだから」

「そ、そっか！　市民側のお題を当てれば！」

そう、前のゲームは人狼側が勝利に終わったのでこの件は無かったが、今回は市民側の勝利。今回のルールではこの状況になった場合、人狼側が市民側のお題を当てることが出来れば逆転勝利となるチャンスがあるのだ！

うんうん、お題をね！　当てることがね！　出来ればね！

…………………。

わっかんねえええええええええぇぇぇぇぇ――‼‼

私スト〇〇の話ばっかしてたせいで他の2人が自分から喋《しゃべ》るシーン無かったし！　てかスト〇〇のことばっか考えてたから2人が何喋ったかとかよく覚えてないし！

えっと、えぇっと……。

「私といえばで肯定されたんだよな……『清楚《せいそ》』とか？」

「『……』」

「ごめん」

当たり前のように違ったようだ、これで負けが確定してしまった……。

「参りました……ちなみに正解のお題はなんだったの？」

「ああ、僕だよ」

「ん？」

「だから僕。匡ちゃんと先生に渡したお題は『彩《いろどり》ましろ』だよ」

「──────」

え？　それって、つまり、私の語ったスト○○への気持ちは全て、私以外にはましろんに対する気持ちに聞こえていたってことなんじゃ……？

その時私は思い出した──私がお題のスト○○について第一声を発した時、ましろんからの罠を怪しんでいたことを──

「まーしーろーんー‼　やっぱり私を嵌《は》めてやがったなー‼‼」

「んー？　なんのことかなー？」

「私情を持ち込んだらダメでしょー！」

「そんなの知りませんールールにも書いていませんでしたー」

「こんのーおちょくりやがってーー！　がおがおの仕返しかー？」

「んふっ……あーまぁね？　確かに偶然多数派からはね？　シュワちゃんが僕のことを恋人だとか愛だとか言ってプロポーズをしたように見えたかもしれなんふふひひッ！」

「おい何仕掛けた方が照れてんだよ！　そ、そんなガチな反応されたらこっちまで照れてくるでしょうが！　……こ、これどうオチつけるんだよ‼」

「こほん、んん……んにゅひひひひッ！」

「だから照れるなー‼」

「あーうざすぎてキレそう。最近のヨーチューバーの金無いアピールくらいうざいわ」

「そう言うな、素敵な関係ではないか」

：さすまし
：ましろんが珍しくきもい笑い方しててグッときた
：押されるとよわよわなシュワちゃんもいい
：後輩の前で何やってんだ……

：これは新人に対するましろんなりのこの子は僕のだからアピールなのでは？

：これは後輩組も負けてはいられませんね

なんだか恥ずかしい終わり方になってしまったが、これでこのゲームは終わり、結果は私の惨敗《ざんぱい》。

あー……スト〇〇トークが出来るってことでハイテンションだったから見逃しちゃってたけど、今思えば先生の最初の反応が微妙に違和感だったことに気が付いていればまた違ったのかな……。

この際負けたのは私のミスでいいよ。でも負け方まではっずいのはましろんのせいだからな！　自分からならいくらでもアピール出来るのに、こういう小悪魔的なのに弱いんだよなぁ私……まぁいつまでも恥ずかしがっていても仕方がないね。

さぁ、次のゲームに向けて再びＧＭの交代だ。

三回目のゲーム、ＧＭは——私だ。

ＧＭはゲームの参加者とは違い、基本的には話し合いが始まれば参加者にはミュート（リスナーさんには聞こえる）で、あくまで進行役ではあるのだが、ルール説明の時にも触れたようにこの立場だからこその楽しみ方がある。

まずは参加者にチャット経由でお題を送る。

「クックック……さぁさぁリスナーさん方や、滑稽に転げ回る参加者達の姿を一緒に楽しもうじゃぁありませんかぁ？」

話し合い開始の掛け声前だが、一瞬ミュートしてリスナーさんに語り掛ける。

GMはゲーム開始時点で自分の配信画面に割り振ったお題の答えを表示し、リスナーさんと共有することが許可されている。

画面に出したのはこれだ――

【多数派・彩ましろ、チュリリ】↓【お題・ライブイベント】
【少数派・宮内匡】↓【お題・乱交パーティー】

：草
：こいつやりやがったwww
：リアルでうわぁって声出たわ……
：おぬしも悪よのぉ
：しかもよりによって匡ちゃんかよｗ

『――――ゴクリッ』

今かすかに聞こえた唾を飲み込む音は匡ちゃんだな？　これは楽しみになってきましたなぁ！

「はい！　それでは話し合いスタート‼」

私の掛け声でいよいよゲームが始まった。

さて、ここからは私はサポートが必要そうになった時を除いてミュートだ。

『これは……どうなのかしら？　先生ちょっと想像出来ないかも』

『僕もそんな感じだけど……うーん……僕にとっては――夢、かな』

『ん⁉』

ましろんとチュリリ先生にとっては自然に始まったかのように思えたこのゲーム。声を抑えることは出来たようだが、匡ちゃんには全く違った聴こえ方をしたはずだ。

「あぁ、来てる、来てるぞぉ‼」

『今みたいなのもいいけど、やっぱり皆で同じ場所に集まって盛り上がるってなると、なんていうか……興奮するよね』

『こ、興奮……』

『あーなるほど、私たちが開くってことね。うーん、先生は人間が嫌いだからこれはちょっと……あーいや、案外これは非日常って意味でやってみると楽しかったりするのかしら？　……ありえない話過ぎて想像出来ないわ』
『そう？　昔は僕も同じ意見だったけど、今なら別にありえなくないでしょ』
『んんん!?!?』
『だってほら、某先輩がやったじゃん』
『んんんんん!?!?!?!?』
「ファァァァァァァ――――wwwwww!!!!」
：うるっさ笑
：割と匡《ただす》ちゃんからも会話に違和感無いの草
：あぁ、ましろんがド変態なこと言ってるように聴こえてしまう……
：ハレルンにとんでもない風評被害がwww
：ミヤウチィ！　せめてハレルンのライブは気づけぇ!!
：本当に申し訳ないんだけど某先輩って聖《せい》様かと思ったわ
：おもろいけど最低だよこのGM！
：全方位に酷すぎてワロタ
：**GM（ゴミ）　¥5353**
『そうなの？　先生詳しくないから知らなかったわ』

『本当に？　僕は観客の立場として見てたけど、いやぁすごかったよ。自分には不相応だなーとか思いつつも憧れちゃった』

『どんな感じなの？』

『すごい熱量だったよ。なんたって某先輩を中心に数千人が一つになるわけだからね』

『どんど!?　ご、ごほッ‼　ごほごほっ‼』

「ぶほ――――‼　晴《はれる》先輩を中心に数千人で乱交パーティはやばい‼　あひゃひゃひゃひゃひゃひゃひゃ‼‼」

：ぶほ――――（清楚）
：こんなに清楚じゃない人初めて見た
：数千人規模は笑うwww
〈朝霧《あさぎり》晴〉：崇《あが》めてくれていた後輩の変わり果てた姿に私の心がダイヤモンドダスト……
：!?
：見てるんかーい！
：あかん、これは後でタランチュラの刑ですわ
〈朝霧晴〉：でも面白ければＯＫです！
：ええ……

：流石《さすが》ライブオンの元祖
：草
〈朝霧晴〉：同期みたいなノリ嬉《うれ》しい。あと何より自分語りをイジられるより一兆倍まし
：朝霧晴VA（バーチャルアカンヤツ）引退！　最初で最後のファン大感謝祭‼　という文面が浮かんでしまった自分にへこんだ
：VAって言い方に悪意を感じる
：Aをせめてアイドルにしてあげて……
：ネタに出来る現在に本当によかったと思います（シュワちゃんを庇《かば》って無理やりエモ展開に）
「は、晴先輩⁉　いや、あのこれはですね？　お分かりかと思いますが話の流れで偶然こうなったわけでありましてですね？　さ、参加者の会話がよく聞こえるようにGM黙りまーす！」
　さ、さぁ！　今までは声を必死に我慢して、若干漏れちゃっても喉の不調ともとれる音だったから逃げられてきた匡ちゃんだったけど、今の咳《せ》き込みは流石にまずかったんじゃないかな？　会話に交ざらない違和感もそろそろ無視出来ないだろうし、ここからどうなるか――

『匡さん？　どうしたの？　大丈夫？』

『……大丈夫だ、少し喉が乾燥してな』

『そっか。ちなみに匡ちゃんはこれについてどう思う？』

案の定匡ちゃんは先生に呟き込みを触れられ、そこを捕まえたとばかりにましろんが追撃した。

『ど、どう、とは？』

『たとえばほら、やりたいとか思う？』

『や、ややややややややるわけないではないか⁉⁉』

『ほー？』

『あらら？』

「あーこれは完全に匡ちゃんきょどってますね。顔真っ赤なんでしょうね。リスナーさん？　今晩のおかずは、どうやら決まったみたいですね？」

：昭和の料理番組みたいな言い回しになってて草
：リスナーのおかずの為《ため》に後輩にも容赦なくセクハラする、この命を懸けたおもてなしは一流シェフですわ
：どれだけ人気になってもギリギリを攻め続ける精神は尊敬する

……多分清楚《せいそ》よりデーモンコアって名乗った方がいいと思う
……匡ちゃんピンチだ……

『そんなにやりたくないの？　緊張するとかかな？』

『き、緊張というかだな、わわわわわ私が参加することなど偉大なる宮内《みやうち》家の一員としてだな！』

『でも匡ちゃん、もし今後運営さんからお願いされたらどうするの？』

『お願いされる⁉』

『ほら、これも考え方次第では僕らライブオンライバーの仕事でしょ？』

『仕事⁉　ライブオンのライバーって仕事の一環でそんなことまでお願いされるのか⁉　なんてことだ……つまり所属している身の責任として宮内もやらないと……そんな……』

『『……ッッ』』

あ、今ましろんと先生が笑い堪えたな、これもう十中八九匡ちゃんが少数派って気づいてるんだろうなぁ。

今まではましろんが匡ちゃんを問い詰めていたが、バトンタッチとばかりに次は先生が質問を投げかけ始めた。

『まぁまぁ、もし厳しいなら運営さんも調整してくれるんじゃないかしら？　でも、そんなに嫌なの？』

『嫌というかだな！　あ、ありえないだろうこんなの……』

『じゃあ興味はない？』

『え？』

『実際にやるかは今も分からない話だから一旦置いておいて、想像するくらいなら誰しもするでしょう？』

『そ、想像……』

『あら、したことないの？』

『えぁ……せ、先生はあるのか？』

『あるわよ？』

『そ、そうなのか？』

『ええ！　先生でもあるんだからありふれたものなのよ！　で、どう？　興味ある？』

『……………興味だけなら……………ある……かも』

ピピピッ！　ピピピッ！　ピピピッ！

「そっかぁ興味あるかぁ！　ちなみにその興味って、もっと詳しく言うとどんな部分に好奇心を刺激されたのかな？」

『そ、それは……って、あ、あれ？　シュワちゃん先輩？』
『シュワちゃん。タイマー鳴ってるの聴こえてるよ』
「今止めた。さて話し合いを続けようか」
『え？　え？　ど、どういうことだ？』
『匡さん、もう終わりよ。時間制限が来たわ』
『あ、ああ‼　おいシュワちゃん先輩！　何しれっと会話に交ざった上に時間延ばしてる！　ルール違反であるぞ‼』
おっといけない。ＧＭとして時間終了を告げなければいけない思いと、でもまだ話し合いを続けてほしい思いが交ざった結果、私自身がアラームを鳴らしながら話し合いに参加するという行動をとってしまったようだ。
：匡ちゃんエッ
：へぇ興味あるんだぁ（ニチャア）
：シュワちゃんはいつも通り最低だが、匡ちゃんも度を越えたムッツリだよな……
：割と自爆気味だったと思う
：時間とは残酷である
：ＧＭが参加は熱い展開

生徒

……これは、ゲームであってねセクハラではない（言い訳）

この後、話し合いが終わったので投票の時間になり、当たり前のように匡ちゃんが吊《つ》られた。

ただ、このゲームの結果はこれで終わらないのではないかと私は睨《にら》んでいた。

なぜかというと、人狼《じんろう》だった匡ちゃんから見て、多数派のお題『ライブイベント』を特定出来たのではないかと思ったのだ。特に『某先輩が開いた』はかなり大きなヒントで、ましろんの明確なプレミだ。これは逆転ルールの無い他の人狼ではミスになりにくい要素、恐らくワード人狼への不慣れが故だろう。これをヒントに匡ちゃんが当てることが出来れば見事逆転勝利となる。

というわけで匡ちゃんの答えは——

『え…………ぁ……R18配信？』

「嘘《うそ》でしょ……」

どうやら脳内ピンク一色だったようだ……。

さてさて、これで私のGMは終わりだから交代！　次が最後のゲームだ！　そう思ったのだが……。

『シュワちゃん先輩』

「ん？」

『覚悟しておけよ貴様、いつかこの雪辱果たすからな？』

「誠に申し訳ございません」

終わり際、匡《ただす》ちゃんに圧を掛けられてしまった……後が怖いぜ……。


とうとうこれが最後のゲーム、GMはチュリリ先生だ。

ここまで三回のゲームを体験してきて、いざ迎えた最後のゲームはどんな話し合いになったかというと――待っていたのはあっけのないものだった。

「美しいものだな！」

「『え？』」

匡ちゃんのその発言に、『生ゴミ』というお題が割り振られていた私とましろんは一発で匡ちゃんが人狼だと気づいてしまった。先生が選んだ二つのお題は、どうやら共通点があまりにも遠いものだったようだ。先生らしいぜ……。

それからはもう制限時間一杯まで質問責めという名のからかい祭りである。各々《おのおの》でお題を用意したから被《かぶ》るのは仕方がないとはいえ、二連続人狼になってしまった匡ちゃんは少し可哀《かわい》そうだったかな。

だが……このゲームはここから誰にとっても予想外な展開を見せた。

それは、制限時間が終わり、匡ちゃんが吊られた後、人狼が多数派を当てられるかどうかの逆転チャンスのことだった。

匡ちゃんに与えられたヒントは自分に割り振られていたらしいお題の『地球人』のみ。私とましろんは早々に多数派だと気が付いたので、これまでのゲームの教訓から少数派にヒントを与えない会話を心掛けていた。恐らくお題を特定出来る要素は全く無かったはず。

それなのに──

「ふむ……チュリリ先生だろ……『生ゴミ』とかではないか？」

「「⁉⁉」」

匡ちゃんは──はっきりと多数派の答えを当ててしまった──

まさかの大逆転勝利である。

「は⁉ え、嘘⁉ あ、貴方《あなた》なんで分かって⁉」

驚愕《きょうがく》を隠せない私達。その中でも、特に動揺していたのはお題を出したチュリリ先生だった。

「ま、まさかお題をカンニングした⁉」

「この宮内がそんな卑怯《ひきょう》なことするわけないだろう。相談しにきた先生すら突っぱねたこと忘れたか？」

「じゃあなんで分かったのよ⁉」

「勘である」

「か、勘？」

そんな先生に、匡ちゃんはまるでそれが当然なことのように当てることが出来た理由を説明し始める。

「まずお題には共通点がある。先生は真面目だからどんなお題でもこのルールは守るはず。つまり宮内に割り振られた『地球人』に共通するお題になるわけだが、先生のことだから人の共通点にはマイナスなものを思い浮かべるはずだ。そこで考えた結果が『生ゴミ』というわけである」

「い、いやいやいやおかしいでしょ⁉　百歩譲ってゴミまで分かったならまだしも生はどこから出てきたのよ⁉」

「先生は極度の皮肉屋だ。ゴミだけではシンプル過ぎてらしくないと思った。つまるところ本当に勘なのである」

「な、何よそれ……ありえないわ……」

「ありえないも何も当てたからな、宮内の勝ちだ。ふふふっ、どうだ？　地球人も捨てたものじゃないだろう？」

「くぅぅ……ッ」

「付き合いの中で先生のことはそこそこ理解しているつもりだからな」

「は、はぁ⁉　な、何意味不明なこと言ってるのよ貴方⁉　これ配信なのよ⁉」

「おー？　なんだなんだぁ？　照れてるのかぁ？」

「こんのクソガキィ……！」

：あっ、やばい、てぇてぇの過剰摂取で死にs

：**あらあら、デュフフ　￥50000**

：生ゴミに関連付けられた地球人に対して捨てたものじゃないはイケメン過ぎる

：※さっき正解バレバレなところをR18配信って答えた人です

：先生にだけ強いの愛感じちゃう

「「（パチパチパチパチパチ‼）」」

私とましろんはその光景を見て、ただただ拍手を送るばかりであった。負けたのに清々《すがすが》しい気分である。

これで全ゲームは終了！　最後に相応《ふさわ》しい展開だったから、このまま気持ちよく配信を終えることが出来そうだね！　後輩よ、素晴らしいぞ！

「なんかあれだね。僕が言うのもなんだけど、あわましとただちゅりのイチャイチャ対決みたいになってたね」

「イチャイチャなんてしてません‼」

「……ん？　確かにましろ先輩はシュワちゃん先輩からのプロポーズを引き出し、宮内《みやうち》も先生のお題を当てた。先生もまぁあれは偶然だろうが宮内のお題の時に個性を発揮していたよな。だがシュワちゃん先輩は……」

……あれ？　そういえば私がこの配信でしたことって……。

「ましろ先輩からのお題の意図にも気づかず、ＧＭの時は後輩である宮内にセクハラをする、そんな有様《ありさま》だったのである！」

「「…………」」

「ス――――ッ……」

……やばい……何も言い訳出来ない……周囲からえげつない圧を感じる……。

「なぁましろ先輩、先生、こいつのこと弔らないか？」

「ゑ？」

「そうね、賛成するわ。第一ゲームでましろさんが言ったようにきっと心が狼《おおかみ》なのよ」

「ちょ、ちょちょちょちょ⁉」

え⁉　何この展開⁉

「待って違うじゃん⁉　そうじゃないじゃん⁉　これてぇてぇ流れで気持ちよく終わるところじゃん⁉⁉」

「淡雪《あわゆき》さん、ワードウルフは話し合いの中で人狼を見つけて吊るゲームでしょ？　だから、ね？」

「物は言いようだなおい⁉」

「シュワちゃん」

「ま、ましろん！　このオチはあんまりだよね？　ましろんは分かってくれるよね？　助けてくれるよね⁉」

「……一緒に駆け落ちしよっか？」

「こっちはこっちで変な乗り方してるううううう⁉⁉」

「ふはははは！　どうだ、早速雪辱果たしてやったぞ‼」

：大草原

：因果応報ですな笑

：やっぱライブオンなら斜め上目指さねぇとなぁ！

：これが噂《うわさ》のライブオン人狼ですか
：なんだかんだ皆楽しそう（*´ε｀*）
何故《なぜ》かこのワードウルフ配信は、私の１人負けのような形で幕を閉じたのであった……。

数日後。

「んん？」

まだお日様が顔を出して間もない時刻、スマホから鳴り響く電話を知らせる着信音で目が覚めた。

なんだろうと思い、眠気で開かない瞼《まぶた》をこじ開けスマホの画面を見ると、どうやらそれはダガーちゃんからの着信のようだった。

珍しさに少しだけ目が覚めた。一体こんな時間にどうしたのだろうか？

「はい？」

電話に出る。

——それはあまりにも——あまりにも突然なことだった。

「師匠……どうしよう……俺、ライブオンクビになるかもしれない……」

「…………え？」

開口一番、初めて聞いた普段の元気な様子からは想像も出来ない悲痛な声色で、ダガーちゃんはそう言ったのだった——

第三章

ダガーちゃんの危機？

「あのな、俺、配信でやらかしちゃったんだよ……」

「私もです」

「師匠以上にやばいやらかししちゃった……」

「まじですか……」

ダガーちゃんからの電話にただ事ではない気配を感じ取った私は、だらけていた姿勢を正し、集中してダガーちゃんの話を聞くことにした。

それにしても『ライブオンをクビ』って……私以上とは言っても一体何をやらかしたらそんなことになるんだ？　というかライブオンにクビって概念あるのか？　平和な放送が放送事故って言われてる私がのびのび活動出来てる箱だぞ？　明日から私が『エロゲに出

てくるL○NEの名前変えバリエーション紹介系VTuber』になりますって言っても十中八九許してくれる箱なんだぞ？

……だめだ、現状何も役に立てそうにない。一旦おとなしく話を聞こう。

「それでは、事の経緯を一からお願い出来ますか？」

「うん……ほら、この前バレンタイン企画あったじゃん？　チョコ作ったやつ」

「はい、勿論《もちろん》覚えていますよ」

「その時にさ、俺さ、帰り際《ぎわ》にさ……師匠から貰《もら》ったじゃん？」

「スッ――――」

「スト○○……貰ったじゃん？」

「スッ――――――――――――――」

あっれーおっかしいなぁ？　おとなしく話を聞くつもりが急に逃げたくなったぞ？

「し、師匠？　大丈夫？」

「え、えぇぇぇ！　問題ないですとも！　はいはいはい、そんなこともありましたねえ！」

平静を装《よそお》うと無駄に大きな声で返事をする。そうしないと声が震えてしまいそうで。

お、落ち着け、落ち着け私。大切な後輩が深刻な声色で相談してきているんだ。幾多のカオスを乗り越えてきた歴戦の先輩として真摯に対応しろ。ＳＺワードが聞こえてきたくらいで焦《あせ》るな。

それに、まだそういうことあったよねってだけだから。ここから話の流れが変わる可能性だって大いにあるからね、うん。

「つ、続きどうぞ」

「そう？　それじゃあ、えっと、そのスト○○なんだけどさ、師匠から貰えたのが俺本当に嬉《うれ》しくてさ、これは普通に飲むんじゃなくて、もっとありがたく飲みたいなって思ったのな」

「なるほど」

「それでさ、リスナーさんに貰ったことを配信で報告したらさ……今度の配信で飲もうよって言われてさ」

「なるほど」

「俺さ、それだ！　皆と一緒にありがたさを噛《か》みしめながら飲もう！　って思ってさ、昨日さ、遂《つい》に配信で飲むことにしたんだよ」

「なるほど」

「それでさ、飲んだら……やらかしちゃった」

「なるほど」

なるほど。なるほどなるほどなるほど。

「ダガーちゃん、住所を教えていただけますか？」

「え、住所？　別にいいけど、なんで今？」

「今すぐ土下座しに伺います」

「え、土下座⁉」

「というか今します。はい今しました。このまま土下座したまま伺います」

「ちょ⁉　なんで⁉　なんで土下座してるの⁉　やめてやめて！」

「だって、だってぇ！　これってつまり私のせいってことじゃないですかあああぁぁぁ
——‼‼」

罪から許しを請《こ》うように、床に額をこすり付けながら叫ぶ。

「落ち着いて師匠！　違うから！　やらかしたのは俺のせいだから！」

「きっかけはどう考えても私なんですよ！　てか後輩のバッグにスト○○入れるって今考えると何してんだよ私！　元気付けるどころか酒に逃げろって解釈されてもおかしくない行いだろ！　そんな先輩嫌だわ！　ああもう本当にごめんなさいいいいいぃぃぃ
——‼‼」

「そんなことないって！　俺本当に嬉しかったんだから！　今回のだって浮かれ過ぎた俺が自爆しただけで、師匠は悪くないどころか立派な先輩だよ！」

「本当に？　私に相談しにきたのも、責任追及の為《ため》じゃないんですか？」

「違う違う！　むしろどうしようって思った時に、真っ先に頼れる先輩として師匠が浮かんだから電話したの！　……確かに俺の説明の仕方が悪かったかも。俺も結構焦っててさ、ごめん……」

「ぁ、いえいえ！　むしろ説明を求めたのは私ですし、はぐらかすとろくなことにならないですからね。……ごめんなさい、取り乱しました、もう大丈夫です」

　ダガーちゃんが再び落ち込むのを見て、やっと私は落ち着きを取り戻した。

　元よりあまり嘘《うそ》や皮肉が言えない子だ、率直に受け止めてあげるべきだったのに、何をしているんだ私は。

　落ち着け。頼ってきてくれたんだから、話を聞く側が冷静に対応してあげなくては、解決出来るものも出来ないぞ。

　ふぅ……次は……そうだな。

「事の経緯は分かりました。それでは……言い辛《づら》いことかもしれませんが、その『やらかし』とは、具体的に何をしてしまったのかを教えていただけますか？」

そう、結局のところ、これが分からなければどう対応するべきなのか判別が出来ない。

「ぅ………分かった」

少し言葉に詰まった様子のダガーちゃんだったが、取り乱してしまった私をまだ信頼してくれているようで、はっきりと了承してくれた。

さて……やらかしの内容が、取り返しのつかないものでなければいいんだけど……。

「とりあえずさ、これ見て」

「ん？」

ダガーちゃんからチャットで動画のリンクが届いた。

動画のタイトルは――『ダガーちゃん、遂に○○を取り戻す【ライブオン／切り抜き／ダガー】』。

これはつまりやらかし部分の切り抜き動画か。配信のよくない部分を切り抜くとは、けしからん輩《やから》もいたものだな。

でも……なんだこのタイトル？

「これ見れば大体分かるから」

「了解です。今開きますね」

とりあえず言われた通り動画を開き、視聴を開始する。

まず画面に広がったのは、切り抜き師の編集で書き込まれていた日付的に、バレンタイン企画の翌日と思われるダガーちゃんの配信画面だった。

『ジャジャーン！　見てこれ！　昨日の帰りにね、師匠から貰っちゃった！』

配信のダガーちゃんの元気な声と共に、画面に冷蔵庫のセンターポジションに鎮座するスト○○の写真が、デカデカと表示された。私があげた物に間違いないだろう。

：草　￥220
：体の一部渡すとか実質ア○パ○マ○じゃん
：それ実は何らかの人類には理解できない盛大なセクハラだったりしない？
：後輩に布教すな
：未成年飲酒はアカン！

『スト○○は飲んだことないけど、ギリお酒は飲める歳《とし》だっつーの！　ほらほらいいでしょいいでしょー！　飲むべきなんだろうけどまだ勿体ないから自慢するーにぇへへへぇー！』

：笑い方ｗ
：ダガーちゃん成人してるのか!?
：もうこの程度の設定の矛盾じゃ誰もツッコまないの草

：明日辺り有素《ありす》ちゃんからえげつない規模の取引の連絡がくると思うけど、無視するんだぞー

：正直直《じか》渡しは羨ましい

：配信で飲もう　￥500

『‼　それだ！　配信で飲むのいいじゃん！　え、そうしよそうしよー！　……でももう少し見て楽しむ～（にぱー）』

五期生の収益化が通っている……頑張ってるなぁ……じゃなくて！　なるほど、まずは経緯の説明ということか！　ご丁寧なものだ。

画面は切り替わって、切り替わった日付を見るに昨日の配信模様のようだ。いよいよか……。

『やっべー緊張してきた！　開けるよ？　本当に開けるからな？　皆も準備いい？　それじゃあ……師匠に感謝を込めて、人生初スト〇〇、頂きます！　プシュ‼』

：プシュ！　￥220

：ちゃんと買ってきた（プシュ！）

：スト〇〇師匠あざす！

：厨二《ちゅうに》師匠だぞ

：スト○○厨二師匠でしょ

：最果てじゃん

どうやら、とうとうあの日渡したスト○○の缶を開けたようだ。他の酒じゃない。しばらく開けてないスト○○の開封音で分かる。

『ゴクッゴクッゴクッゴク』

そのまま喉を鳴らすダガーちゃん。

『……お、大人の味だな……流石《さすが》師匠』

渋い声で言ったその感想に、思わず笑いそうになってしまった。どうやら初見で美味《おい》しいとはならなかったようだ。慣れてくればあの苦みや人工的な味もうまみになるんだけどなー。

：www

：シュワちゃんってこんな味かぁ……

：ヤバイなんか興奮してきた……

：おこちゃま舌

：ゆっくり飲もう

『おう！　せっかく貰ったんだし、どれだけ時間かかっても一缶くらい飲み切るぞ！』

その言葉を最後に、画面は再び切り替わる。日付変化ではなく、同じ昨日の枠内でのカット編集だ。

私の予想ではそろそろやらかしが来る……この流れはつまり、酔って思考が鈍くなったことで、普段は自制が働くような何かダメなことをやってしまった、ということだろう。

個人情報流出はやばいな、内部情報漏洩《ろうえいとう》等の契約違反系も相当やばい。でも私以上のやらかしでクビを心配するレベルとなるとここら辺しか浮かばないのが恐ろしい……。

『……はんばぁーぐがたべたい』

……ん？

一時間後との字幕が表示された切り替え後の画面から聞こえてきたのは、明らかに泥酔《でいすい》していると分かるふにゃふにゃなダガーちゃんの声だった。

うん、そこまでは予想通りなんだけど……は、ハンバーグ？

：は、ハンバーグ？

：急にどうしたの!?

：酔ってるなぁｗ

：酒弱いのね
：かわいい
『そうだ、暑いからフード脱ぐー。あー……なんかさ、スト○○の味に慣れてきたからー……ハンバーグが食べたい』
：??
：酒のあてが欲しいみたいな事かな?
：突然過ぎるフード脱ぎありがとうございます!
：頭が全然回ってないwww
：ハンバーグ好きなの?
『ちょー好きぃ！　昔から一番好きな料理！』
…………………。
：そっかぁ!
：うんうん、美味しいねぇ
：**ハンバーグ代　￥682**
：酔っぱらうと幼児になるタイプだったか……
：昔から……?　記憶喪失なのに……?

：あっ
：これは見逃されなかったか……
『ん～？　記憶ー？　記憶はね～――――今取り戻した‼‼』
⁉⁉⁉⁉
：⁉⁉
：え⁉
：い、いいの？
：あんなに固執してたのに……
：だ、大丈夫なんそれ？
『ばば――――ん！　あ――――↑↑‼　（パチパチパチパチ！）』
：ばばーんじゃないが……
：スト○○が記憶の復活に有効なことが発覚してしまったな
：医学界に衝撃走る
：医者「スト○○出しておきますねー」

：むしろ記憶無くす方な気が……
：**お、おめでとう？　¥10000**
：記憶取り戻しても楽しそうで草。悪い記憶じゃなくてよかったね！
：デビューの時に言ってた黒く焼けた肉塊云々《うんぬん》はなんだったんだ……
『あー？　あははは！　それハンバーグのこと！　ピャー↑！』
…………………。
：wwwwwww
：えー!!!!
：まじかよｗ
：じゃあ燃え上がる炎は調理中ってことか……
：ね、粘着質の赤い液体は？
『俺、ハンバーグにはケチャップが好き……ふぇへへ（にぱー）』
：**¥50000**
：かわいいが過ぎる
：キャラ崩壊が止まらない
：元々ガタガタのブロックタワーみたいなものだったから……

：ケチャップ代　¥10000
：そりゃあ目の前のハンバーグを食べる用のダガーは輝いて見えるわな
：なんて凄惨な光景なんだ!?（飯テロ）
：それダガーじゃなくてナイフなんじゃ……
：ナイフちゃん呼びのハレルンはこれを見越していた!?
：フォーク忘れてますよ
：これで本当にいいのだろうか……
：酔いが覚めたらやばそう
：淡雪《あわゆき》ちゃん、またやっちまったな
：スト○○缶を介した遠隔攻撃までお手の物とはな
：あいつ本当に人間なの？
：解剖したら体内からコ○コ○コミックとか出てきそう
：かわいいは才能、だからかわいいからダガーちゃんはえらい
『かわいい？　ぇへへ、嬉《うれ》しい……。あのねあのね、ハンバーグ食べたらうま過ぎて、その衝撃で記憶とんだーってことでどーよ！　かわいいでしょ！　むふ～かんぺきのいっちぃ～！　俺てんさい！』

：とんでもないPON設定で草
：これは天才
：その設定はもうゆるきゃらなんよ
：かわいいって言われるのも実は嬉しかったのかwww
：ライブオンしてるはずなのに、根が普段よりもっとかわいいからなんか焦《あせ》る
：ハンバーグ好きのダガーちゃん、これからは略してハンバーガーちゃんと呼ぼう
：それ何か違うのでは……
：†ハンバーガー†
：それを言うなら淡雪ちゃんなんてハンバーグ師匠だからな
：ハンバアアアアアァァァァ――――グ!!!
：草
……………………。
『ごくっ、ごくっ、……あっ、スト○○飲み切っちゃった……師匠、ごちそうさまでした！　……眠い！　もう寝ます！　今日もありがとーございました！』
：ちょ!?
：終わっちゃうの!?

：いきなり過ぎ笑
：お、乙ー？

：**おやすみ！　￥1000**
：これ今度からキャラどうなるんだ……？

…………………………動画が終わった。

「…………………………」

「師匠……俺どうしよう……」

しばらく言葉を失っていると、時間的に見終わったのを察したのか、再び配信のふにゅふにゃとはまた違う弱々しいダガーちゃんの声が電話から聞こえてくる。

「…………どうしよう？　どうしよう……どうしよう……。

「…………どうしようもなくかわいいですね？」

「そうじゃなああぁぁぁ――――いいいぃ!!!!」

打って変わって、今度はけたたましいダガーちゃんの叫び声が、耳の中にこだました。

いやでも……今の動画を見てこれ以外どう反応しろと……？

私は、例えるなら寝坊したと思い飛び起きたら休日だった時のような、そんな脱力感に襲われていた……。

「師匠、動画見てなかったの⁉　俺やばいんだって！」

「いえいえ、ちゃんと見ましたよ。キュートなライブオンでしたね」

「何言ってんの師匠⁉　まずいんだって！　かたったーとかで現在進行形でハンバーガーちゃんとハンバーグ師匠が広がってるんだって！　このままじゃ俺クビなんだって！」

「私まで巻き込まれてるんですね……一応きっかけは私なので受け入れますが……」

「受け入れたらダメなのー‼」

ダガーちゃんと私のテンションが更に反比例していく。

だがそれも仕方のないことだ。己すら交えた幾多のキャラ崩壊を体験してきた私には、ダガーちゃんの感じている危機感がさっぱり理解できない。とんでもない杞憂《きゆう》にしか聞こえないのだ。

むしろとうとうダガーちゃんもライブオンとして本領発揮かーとか思ってしまったくらいなのだが……。

今までのカオスなライブオンとは違う、かわいいというニュアンスを前面に打ち出したライブオン、伝統の中に新鮮さもあって非常に良《い》いと思う。

なのにどうして？　一応やらかしではあるから、自分がキャラ崩壊をやっちゃったことに焦っているのかな？　私も切り忘れに気づいた時は相当慌てたから分からないことはないが、それでも、絶対に私以上のやらかしではないと思うんだよな。

「あっ、もしかして今の切り抜き以外の配信部分で、やばいやらかしがあったということですか？」

「ううん、今のでほぼ全て」

「今度一緒にハンバーグ作りますか？」

「しーしょーうー‼」

ダメだ、ダガーちゃんが更に荒ぶり始めた。この反応を見るに、どうやら本当にクビを心配しているらしい。

……これはもう一度真面目に話を聞いてみた方がいい気がするな。

一度咳《せき》ばらいをして、力の抜けた体の姿勢を無理やり正す。

「ごめんなさい、少し気が抜け過ぎましたね」

「あっ、こ、こちらこそごめんなさい……叫んだりしちゃって……」

「いえいえ、いいんですよ。先輩は後輩に頼られたいものなんですから。ですが、未《ま》だ私の方で理解が及んでいないのも確かなので、ダガーちゃんの感じているクビに繋《つな》がるという危機感の根拠を教えていただけますか？」

「うん……俺さ、ライブオンに入れたのは記憶喪失キャラだからなんだよ。それ以外何も無いんだ」

「何も無い？　いやいやそんなことは」

「いんや、俺さ、ライブオンにどうしても入りたくてさ、いざ選考受けようってなった時に、のうのうと生きてきた自分にはライブオンたる才能が何も無いことに気づいちゃってさ……実際、持てる勇気を全て振り絞って記憶喪失キャラで事務所に突撃してなかったら、受かってなかったと思うしな」

「あぁ、やはり記憶喪失はないんですね。あと、あの突撃エピソードは実話だったんですか……」

「うん！　頑張った！　……でもさ、これってつまり、匡《ただす》ちゃんとか先生の根っからの才能とは違ってさ、後付けなんだよ俺って。多分この後付け具合が受けてライブオンも合格させてくれたのかなとは思うんだけど、昨日の配信でどれだけガバやっても守ってきたこの後付けすら自分で否定しちゃって……もうライブオンにいる資格が無いんだ、俺」

「ふむ……」

なるほど、ツッコみたい点もいくつかあったが、一応話の流れは分かった。

その上で、だ。

「でもクビはありえないでしょう」

結論としてはこうなるだろう。

「分かんないじゃん！　もういらない子って捨てられちゃうかも！」

「もしこれでクビならライブオンの対応が社会問題になりますよ。あれでも企業として動いているんですから、コンプラとかもあるんです。これでクビには出来ません。呼び出しの電話とかもなかったでしょう？」

「う、それはなかったけど……でもさ、それでもライブオンのお荷物になったら、一ライブオンファンとしての俺が俺を許せないよ……」

「うーん……」

これはさっきも思ったツッコミたい点の一つなのだが、ダガーちゃんが記憶喪失以外ライブオンの才能が無いって、それは違くないかな？

じゃあこれが貴方《あなた》の才能ですとはっきり示せる程の言語化能力が無いのだが、この子は普通ではないのは分かる（褒めてます）。

あ、でもその才能が枝分かれした先に『かわいい』があるのは確かか。

「ダガーちゃんはかわいいじゃないのですか。それでもう存在意義として十分なんですよ」

「かわいいって……それ自体は嬉しいけど、記憶喪失キャラとしては逆にダメなんだよ

「……もっとさ、かっこよくないと」

「あー！　それでかわいいを嫌がってかっこいいに拘《こだわ》っていたわけですか！　……あれ？　でもですよ？　素を隠すって大変じゃありませんか？　ストレスとかになっていません？」

「ストレス？　なんでだ？　俺はライブオンにいることが一番の幸せなんだから、師匠とかと一緒に活動出来るの、もう楽しくて仕方なかったよ？」

「な、なるほど……」

これは新しい価値観だ……そうか、昔より人気になった今のライブオンに対しては、こういうタイプの人が生まれたりもするんだな……。

……え、じゃあどうすればいいんだろう？　今までに無いケースだから、私までどうすればいいのか分からなくなってきたぞ？

解決策を考えようにも、このケースは言い方はあれだが、理由をこじつければ何でもいいような気がしてくるのが逆に頭を混乱させる……。

一旦話を整理しよう。ダガーちゃんはライブオンに居たいけど、記憶喪失キャラが無くなったことで自分に居る資格が無いと思っているってことだよな？

「あ、それじゃあ記憶喪失を取り戻しに行くっていうのはどうですか？　ほら、さっきの動画でも『ハンバーグが美味《おい》しすぎて記憶飛んだ』って言ってたじゃないですか？　それと同じような感じでー……」

……本当か？　本当なのか私？　とりあえず浮かんだ解決策を言ってみたけど、言った自分が疑わしくなってきてないか私？

いやまぁ確かに記憶喪失と言い張れる状態に戻ればいいわけだから間違ってはないのかもしれないけど、記憶喪失を取り戻すってなんだよ……。

「師匠――」

やばい怒らせちゃったかも⁉　て、訂正しよう！

「だ、ダガーちゃん？　あの、やっぱり今のは無しで」

「天才か？」

「ん？」

予想外のダガーちゃんの反応に、思わず首を傾《かし》げる。

「それだ！　それだよ師匠‼」

「な、何がですか？」

そしてこの時、私は改めて確信した――

「作るぞ！」

「⁇　何を？」

やっぱりこの子は──

「蘇《よみがえ》った記憶すら吹き飛ばす『究極のハンバーグ』を、一緒に作るぞ‼‼」

「…………はい？」

絶対に普通の子ではないってことを…………。


「師匠！　材料と調理器具の準備出来たよー！」

「ありがとうございます」

「淡雪《あわゆき》先輩、うちのダガーちゃんがすまないのである……宮内《みやうち》に手伝えることがあれば遠慮なく言ってくれ……」

「先生お腹空《なかす》いたわ、早く作って頂戴」

ここはダガー家のキッチン。そこにはエプロンを着けた私とダガーちゃんが居て、リビングにはテーブルからそれを見学している匡ちゃんとチュリリ先生の姿があった──

時は遡ってダガーちゃんとの電話中――

「本当に……？　本当にそれでいくんですか……？」

『師匠とハンバーグ作り！』といった感じのタイトルの配信を開き、そこで究極のハンバーグを作り、それを食べることで記憶喪失を取り戻す。私はダガーちゃんが提案したその作戦に、何度もそう繰り返していた。

「おうよ！　これ以上の策は無いって！」

そんな私とは対照的に自信満々なダガーちゃん。まるで先程と立場が入れ替わってしまったみたいだ。

結局あの後、絶対にこれでいくからとばかりに『ハンバーグで記憶が飛んだ前例がこの体にはある！』と豪語するダガーちゃんの勢いに押され、私は首を縦に振るしかない状況になっていた。何というか、今までの体験からこうなったライブオンのライバーはもう止まらないのが分かってしまうんだよね……。

だけど……キャラ設定の話とはいえ、前例に基づいた理論まであるのに、こんなにも首を縦に振ることに躊躇《ちゅうちょ》の念を感じるのは、私がおかしいのだろうか……？

やがて、こんなやり取りを何度も繰り返した果てに、とうとう押し切られた私はこう思うことで自分を納得させた。

エバ○テイルの広告がセーフならこれもまぁいっか、と。

「分かりました、その作戦でいきましょう……あっ、でもですよ？　その究極のハンバーグってどうやって用意するんですか？」

「ふっふっふ、師匠――」

「な、なんですか？」

「虚無《な》いから創造《つく》るんだぜ？」

「本当にこの子は無駄な時だけ厨二《ちゅうに》が出来るんですから――!!!!」


時は戻り、今日私達は究極のハンバーグ、その試作の為《ため》にダガー家にお邪魔したわけである（匡ちゃんと先生は食べきれない試作品を食べる係）。

まぁあれだ、お料理コラボが決まったから、これはその前練習とでも思おう。それなら私もバッチコイだ。私も事件のきっかけの一つでもう引けないんだから、ライブオンらしく勢いとノリで突っ切ってやろう！

「よし！　それじゃあ作っていくわけなんですが、これってダガーちゃんの好みに合わせたハンバーグを作ればいいんですか？」

「おうよ！　次またスト〇〇を飲んでも記憶が戻らないくらいのやつ作ろうぜ！」

「それは貴方の注意次第なんじゃないかしら……更に言うなら、最悪まずくても、美味しい！　記憶飛んだー！　って言い張ればいいんじゃないの？」

「先生、リスナーさんには真摯に向き合うべきだ。こういう事態になった時、せめて最大限の努力をするのがライバーのあるべき姿であろう」

「そうだそうだ！　自然さを出す為に、作ってる途中はあくまでお料理配信の体でいくつもりだしな！」

「はいはい、あくまで最悪の話よ」

五期生間で話している途中、どうしても匡ちゃんと先生に目が行ってしまう。

食べる係ということは当然直接会わなければこなせない係だ。つまり匡ちゃんと先生とは、オフではこれが初対面になる（先生はデビュー前に偶然他人として居合わせたことはあったが）。

会った時にお互い自己紹介は交わしてある。宮内匡ちゃんこと源《みなもと》沙舞音《さまね》ちゃんと、チユリリ先生こと岡林《おかばやし》真律《まり》さん。

この2人はなんというか、オフでもブレないなーって印象だな。素がライバーとほぼ一緒なタイプなのだろう。

「そもそも、ハンバーグ作りなんて手のかかることとする必要あるのかしら？」

「まぁまぁ、この微笑《ほほえ》ましさこそがダガーちゃんの魅力ではないか」

……ダガーちゃんは、この２人にまだ記憶喪失でない自分がライブオンに相応《ふさわ》しくないと思っていることは、伝えていないようだった。

問題の解決策がある以上、話を広げる必要性が無いからかもしれないが、電話での話を聞いた限り、ダガーちゃんは２人にコンプレックスのようなものを感じている部分もあるのかもしれないな。

……うん。ダガーちゃんの為にも、彼女がライブオンたる理由の言語化を、これから私の方でも挑戦してみよう。

「さて、それじゃあ――作りますか！」

まずは材料のカット――

「お、この包丁よく切れますね！」

「ふっふっふっ、師匠？　実はそれな……『ヤバイライン』で仕入れたモノなんだよ……」

「や、ヤバイライン⁉」

「amaz*nで買ったって言ってたわよ」

「せーんーせーいー‼」

次に材料を合わせてよく混ぜてタネを作る――

「はぁ、はぁ、（ぬっちょねっちょぬっちょねっちょ）」

「ああダメだダガーちゃん！　息を切らして！　手の汚れも気にしないで！　指を巧みに使って！　そんないやらしい音を出すなんて！　こ、これはききききき規制しなければあああああああぁぁぁ――‼‼」

「うるさああああああぁぁぁぁ――――い‼‼」

次にタネを整形し楕円形《だえんけい》に――

「師匠」

「はーいー？」

「見て見て！　星形！」

「あら上手ー‼」

「親子か！」」

タガー

そしてそれに火を通し――

「いい焼き音してますね！……あれ？ そういえばダガーちゃん、もう記憶を取り戻したことは色んな所で切り抜かれてますよね？ 記憶喪失を取り戻した後、それらはどうするんですか？」

「それはね！ 俺が見なければいいの！」

「天才ですか？」

「あ、淡雪さん？」

「淡雪先輩もだいぶダガーちゃんに慣れてきたみたいであるな！」

最後にダガーちゃんの好みに合わせてケチャップを掛ければ――

「はい！ 究極のハンバーグ試作品第一号、完成です！」

「よっしゃあ！ いただきます！」

次はそれを食べたダガーちゃんの感想を基に、焼き方や味を調整、これを満足いくまで繰り返す。途中からは、見ていてやりたくなったのか匡《ただす》ちゃんとチュリリ先生も交じって、一緒に様々なハンバーグを作った。

最初は少し戸惑いもあったけど、いざやってみるとそれは夢中になってしまうほど楽しい時間だった。誰かと料理するっていいものだよなぁ。ワイワイ作るのは楽しいし、食べてくれる人がいるのもモチベーションになる。

そして遂《つい》に――

「――――――――ッ‼‼」

出来たハンバーグを食べたダガーちゃんが、誇張無しに光りそうな程に目を輝かせたその時、試作品作りは終わった。

「後はこのレシピを基に、配信で作るだけですね」

「おうよ！　本当にありがとうございました！」

「ふふっ、礼を言うのはまだ早いですよ」

五期生組で後片付けはやってくれるとのことで、私はお先に失礼させてもらうことになった。

帰り際《ぎわ》、せめて玄関先まではと、ダガーちゃんが見送ってくれる。

「それじゃあ私はこれで」

「……し、師匠！」

「はい？　どうしましたか？」

「いや、あのさ……謝りたいことがあってさ……ちょっと言いにくいことだから、こんなに遅れちゃったけど……」

「謝りたい事？」

普段と違い、やけにもじもじとしているダガーちゃん。何かよくないことでもあったのだろうか……？

「うん。あのさ……俺が究極のハンバーグ案を強く提案したのはさ、勿論《もちろん》自分のライブオン人生が懸かってるわけだから、解決出来る絶対の自信があったからなわけなんだけど……もう一つ理由があってさ……」

「理由？」

「……あのね……こ、この案なら……師匠の作ったハンバーグが食べられるかもって思ったの……邪《よこしま》でごめんなさい」

顔を赤くして頭を下げてくるダガーちゃん。

ふーん。

「ダガーちゃん」

「ん?」

私の声に頭を上げたダガーちゃんの目を見て、私は宣言する。

「配信の日、究極のハンバーグをお約束します」

「し、師匠……」

「大丈夫です」

「い、いや、し、師匠?」

「何も心配することはありません、任せてください」

「んと、あの、そうじゃなくて……は、鼻血出てるよ?」

んにゅうううううぅぅぅぅんほほほほほほほ‼ この後輩かわいすぎるうううぅぅぅおっほおっほおっほおおおおぉぉ‼ ぽぽぽぽぽ! ぽぽぽぽぽ! おおおうおうおうおうおうおうおうおうおうおうおうヒヒヒヒヒヒヒィイイイイイ――‼‼

そして迎えた作戦決行の日――

「ハンバアアアアアァァァァ――グ‼‼」

「ど、どうも、今日は記憶が戻った記念に師匠とハンバーグを作りたいと思います、ダガーです……」

「ハンバァァァァァァァ――グ!!!」

「し、師匠？　本当に今日どうしちゃったの？　もう配信始まっちゃったぜ？」

私はハンバーグ師匠になっていた。

：**やっと配信キタ！　￥1000**

：記憶復活後初だから楽しみ

：**もうかわいい　￥20000**

：かわいい（かわいい）

：もう誰もかわいい言うの躊躇《ちゅうちょ》しなくて草

：記憶戻ったってことは真名も思い出したのかな

：ハンバーガーちゃんだぞ

：アメリカ人かな？

：すごい人数見てる

：ハンバーグ作り……？　いやまさかな……

：それで、隣のアホは何してんの？

：スト○○厨二《ちゅうに》ハンバーグ師匠

：はーい淡雪《あわゆき》ちゃーん、そこにいると邪魔だから聖《せい》様の所行こうねー
：淡雪↓酔うと性格が変わる、ダガー↓酔うと性格が変わる
：やっぱり師弟じゃないか！
：淡雪ちゃんは性格が変わるというより終わるから
：ダガーちゃんがハンバーガーちゃんになるのは分かるけど、なんでお前までハンバーグ師匠になってんだよ！

「ダガーちゃん、さっきも言ったでしょう？　究極のハンバーグを作る為《ため》に精神統一しているんです。大丈夫、酔ってはいないので手元は狂いません」

「それはそれで心配だって！　本当にどうしちゃったの⁉　今日の師匠目も血走っててちょっと怖いよ⁉」

「かわいい後輩が私のハンバーグが食べたいと言ってくれた、それに応えたいだけですよ」

「確かに前に裏で言ったけど！　これ本当に大丈夫なのか……？」

ふふっ、何も心配することはないんですよダガーちゃん。

だって――私気づいてしまったんです。

私は今、こんなにもハンバーグに魅入られている。ダガーちゃんに食べてほしいと思っ

ている。

それはつまり、チョコ作りの時に渡したあのスト〇〇を、ダガーちゃんが飲み干し、それがダガーちゃんの体内で輪廻《りんね》転生して、再びこの場にダガーちゃんにとってのスト〇〇として再誕しようとしている、ということだったんですよ。

「ダガーちゃん、改めて、貴方《あなた》にスト〇〇をプレゼントします」

「なんでそうなった⁉⁉」

：そんなことがあったのかｗ
：今日のあわちゃん相当ヤベーぞ！

：これってもしかして、激レアなスト〇〇無しでキマッてるあわちゃんなんじゃね？

：まだあわの人格が残ってそうな気がするけど、それに近い状態説あるな
：ほんと面接の時に何したんだろこの人……

そして、お料理配信は始まった。

最初、お手伝い兼撮影係のダガーちゃんは不安そうであり、コメント欄も「またなんかやらかすんでしょ」みたいな反応だった。

しかし、時が経《た》つにつれて、そのような要素が完全に逆転することになる。ダガーちゃんは無言で息を呑《の》むことが増え、コメント欄は驚嘆一色になっていったのだ。

そんな中でも、私は悠々と工程をこなしていく。だって、私にとってこれは当然のことなのだ。

このハンバーグはダガーちゃんにとってのスト○○なのだ。そう、お分かりの通り、つまり私は今、実質スト○○を作っていることになる。

心音《こころね》淡雪がスト○○を作れないなんて、そんなわけ――あるはずがないのだ。

「さぁ、召し上がれ」

皿という名の純白のベッドの上には、情熱の色をしたケチャップを淫靡《いんび》に纏《まと》い、誘うように肉汁を垂らす、究極のハンバーグの姿があった。

「すげぇ……」

：めっちゃうまそうじゃん！

：プロ並みだろこれ

：画面越しにもいい匂いが伝わってくる……

：マジで料理うまいんだな……

：うまいのは確かなんだけど、これはうま過ぎて引くレベルだったというか……

：どんだけこのハンバーグに本気だったんだ……

：せっかくの家庭的なところをアピール出来るシーンだったのに、斜め上にいって無駄に

するのほんとライブオン

「これ、食べていいの？」

「はい。ダガーちゃんの為に作ったんですから。冷めないうちにどうぞ」

「い、いただきます……」

ダガーちゃんが緊張した面持ちでハンバーグをナイフでゆっくりと一口大に切り、フォークで刺して口へと運んでいく。

前の試作完成品よりうまく出来ているが、レシピ自体はそのままだ。調理工程が最適化されたことによる、純粋なパワーアップ品が仕上がっているはず。

「あむっ…………ッ⁉⁉⁉⁉」

とうとう口に含んだダガーちゃん、その輝いた眼《め》を見るに、ハンバーグは完璧だったようだ。

さぁ、あとはダガーちゃんが記憶を失ったと言えば、計画は完遂される。

ふぅ、最初は戸惑いもしたけど、終わってみれば楽しかったな。

「ん～～～～～～！」

「…………………」

あ、あの……早く言ってくれないかな？

いや、そんな沁《し》みるわ～みたいな反応しなくていいのよ、むしろ記憶飛ばすんだから沁みたらダメなのよ。

「(グッ!)」

いやだからグッ！　じゃないのよ！　この味、一生忘れないぜ……みたいな顔しなくていいのよ！　何やってんのこの子！　よりにもよって作戦の記憶が飛んでどうする！

「ッ！　ッ！」

「⁇」

作戦を思い出せと表情で訴える。

「……！　あーん！」

「ちが――――う‼‼」

私に新たにカットしたハンバーグを向けてきたダガーちゃんに、とうとう叫んでしまった。

記憶‼　記憶飛ばすんでしょ‼

今度はジェスチャーも交え、必死にダガーちゃんに訴えかける。

「ッ⁉　うっ⁉　あ、頭が⁉⁉　お、俺は一体⁉」

ようやく分かってくれたようだ……。

こうして、計画通りダガーちゃんは最も都合の良《い》い、記憶を取り戻す前の状態に戻ることに成功した。

：はあああああああ!?!?

：本当にやりやがったwwww

：クッソワロタwww

：おいおいおいおいちょっと待ててええええぇぇ!!!!

：やっぱりライブオンじゃないか！

勿論《もちろん》その後、このようにコメント欄が荒ぶったりもしたのだが、最終的には皆微笑《ほほえ》ましく笑っていたのは、流石《さすが》はダガーちゃんと言うべきだろう。

これにて究極のハンバーグ計画、完遂である。

…………。

…………。

…………やっぱこの子普通じゃないわ。

「師匠、今更なんだけどさ、巻き込んじゃってごめんな……」

「本当に今更ですね……いいんですよ、私もきっかけの一つだったんですから」

配信終了後、私が帰りの支度をしている途中、事が終わって冷静になったのか、ダガーちゃんはそう謝ってきた。

「優しい……師匠マジ師匠……あれなんだよな、昔から何かをやろうって思ったらそれ以外考えられなくなっちゃうんだよな俺……」

「ふふっ、私もそう思います」

「そっかぁ……」

「別に責めているわけじゃありません。行動力があるってことです」

「でもそれで周りに迷惑かけてたら世話ねぇよ……」

「迷惑なんて思っていませんよ。私も匡《ただす》ちゃんも先生も、そしてきっとリスナーさんも。なんだかんだ皆楽しみながら丸く収まっていったじゃないですか」

「そうだといいんだけど……」

「…………」

「師匠？」

「あ、すみません。少し考え事を」

思わず少し黙ってしまった。というのも、過去の出来事や今日の配信、そして今の自分自身の発言を通して、私はもう一つの目標であったダガーちゃんの才能の言語化、それにあと一歩まで迫っている感覚があったのだ。

ダガーちゃんが普通の子ではない、ライブオン側の人間であることはもう分かっている。

あと一つ……あと一つピースがハマればその理由と才能を言語に落とし込めるはず……。

「あっ、マネージャーさんから連絡来てる……『流石のかおすでしたね！』だってさ！　よっしゃー！　クビは免《まぬが》れたぞー！」

ダガーちゃんが、スマホのチャット画面を見せてくる。

そして――その最後のピースは、ダガーちゃんがいらない子って言われちゃうと心配していた、ライブオンからもたらされたのだった。

「……かおす？」

「おうよ！　褒めてくれる時によく言ってくれるの！　でも変だよな、いっつもひらがななんだぜ？」

「――――」

――そうか、そういうことだったのか。

「ダガーちゃん、やっと分かりました」

「あー？　何がだ？」

「貴方のライブオンたる才能です」

「ライブオンたる才能？　いやいや、俺にはそんなもの無いよ……無いからこうして記憶喪失を取り戻すなんて、はたから見たら意味不明なことやったんだからさ……」

「いいえ違います！　今のチャットを見て完璧にハマりました！　ダガーちゃんの才能――それは『ほのぼのカオス』です！」

「――――――」

ダガーちゃんは目を見開く、そして――

「あー？」

思いっきり首を傾《かし》げた。

目を見開いてそうだったのか！　とかなってくれると思ったんだけどな……まぁ今のだけだと仕方ないか。

「せ、説明しますね。まずダガーちゃん、前提として貴方にはライブオンの才能がある、つまり『カオス』をその身に宿しています」

「えー？　でも俺師匠みたいにスト○○だったりしないし、聖《せい》様みたいにエグイ下ネタも思いつかないし、有素《ありす》先輩みたいに妄信出来るモノも無いよ？」

「いいえ、ダガーちゃんは今挙げた人たちに負けないカオスを持っています。違うのはカオスの行き先、なんですよ」

「か、カオスの行き先？」

「ダガーちゃん、貴方《あなた》はカオスをほのぼのに繋《つな》げる、そんな才能を持っているんですよ！」

「ほ、ほのぼのに繋げる⁉」

――ダガーちゃんが今一度目を見開いた。

「私たちが今までカオスから繋げることが出来るのは、主にお笑い方面でした。ですが貴方は違う――つまり、ダガーちゃんはライブオンに相応《ふさわ》しい存在であるし、その上自分しか持っていない個性まであるってことなんですよ！」

「――そういえば、匡ちゃんと先生にも似たようなこと言われたことあるかも――じゃあこのチャットも、キャラを維持しようとあがく俺を褒めたというより……」

「ダガーちゃんそのものを褒めているんですよ。いいライブオンでしたって、きっとそう言っているんです」

「……ほのぼのでもいいの？」

「逆に聞きます、ほのぼので何が悪いんですか？」

「まじか――ええええぇぇまじかあぁ――‼‼」

急に声を張り上げたと思ったら、顔を綻ばせながらぴょんぴょんと跳ね始めたダガーちゃん。

よかった。どうやらようやく自分の価値に気づいてくれたようだ。

「一度同期やマネージャーさんと話をしてみるといいと思います。きっと私と同じことを言いますよ」

「……そういえば、この辺を真面目に話し合ったことってなかったかも……同期には理由も理由だし、マネージャーさんにも俺の経緯で自分からクビを恐れてるなんて言えるわけなくて……」

「あー……」

「大丈夫かな？」

「大丈夫です」

ダガーちゃんの背中を押すように、私は即答する。

「だってここは、貴方が憧れて、私が愛するライブオンなんですから！」

「────うん！」

自分自身を受け入れたダガーちゃんの笑顔は──限界化を通り越して言葉が出ない程に──それはそれは眩《まぶ》しいものだった。

「……あれ、ということはもしかして俺って、記憶喪失キャラを守る必要は無いのか……？」

「……確かに、言われてみればそうですね……止《や》めちゃうんですか？」

「いんや」

ダガーちゃんは、少し残念に思いながらそう質問した私に対し、お返しとばかりにすぐ首を振った。

「ライブオンに入れたきっかけになってくれたもので愛着もあるし、素の俺でライブオンに居ていいんだと気づいた今後は、負担なくネタとかにも出来そうだしな。それに――」

そして、相変わらずこんなことを言ってくるのだ。

「匡ちゃんと先生と、あと何より師匠と守ったものだから、これはこのまま！」

本当に、この子はこういうところがずるいと思う。

以前ライブオンに居ることが一番の幸せとダガーちゃんは言っていた。実は今日になって、それが当たり前に思えるようになった時には、また自分のことで悩むことになってしまうのではないかと危機感をささやかながら感じていたのだが、この調子なら大丈夫そうかな。

いや、きっとそういうことが起こってしまったとしても、この子は新たなカオスを引き

起こし、そしてどういうわけかそこからほのぼのした結末に着地させるのだろう。
それがダガーちゃんの才能――五期生が集まった時に宣言していたように、ライブオンに吹く、新たな旋風なのだ。

後日、ダガーちゃんから諸々と改めて話をした旨《むね》の報告があった。結果は言わずもがな。

「ふぅ……」

全て終わってから、なんだか慣れないことをしたなーなんて思ったけど、そういえば素を受け入れることが主流なライブオンの事件簿において、今回はキャラを取り戻すって真逆の展開でもあったんだな。

結果的にダガーちゃんは記憶喪失を取り戻し、更には自分の才能も自覚出来た。これにて一件落着だ。少しは師匠の名に恥じない行いが出来たかな。

……まぁ……あの……。

「その師匠である私は、未《いま》だに清楚《せいそ》を取り戻せてないんですけどね…………」

閑話　宇月聖のカステラ返答

「カステラ返答やっていこうか！」

＠めでたく恋人同士となりましたシオンさんと聖様。

そこで質問なのですが、皆のママを名乗っているシオンさんのパートナーである聖様は、もし呼ばれるとしたらママ呼びとパパ呼びどちらがいいというのはあったりするのでしょうか？＠

「うーん……やっぱり一番はセフレかな」

：別れろ

：やっぱりってなんだよ

：逆にそれでいいんか……？　皆からセフレ呼ばわりやぞ……？

：初見さんとかにめっちゃ勘違いされそう

「ふっ、それが興奮するんじゃないか」

：別れろ
：草
：やっぱ上級者っすね……
「……でも、呼び方云々《うんぬん》はさておいて、ライブオンの立ち位置的にはパパが結構合ってると思う。マナさんの卒業の時にコメントで言ったようにね」
：まぁそれはそうかも
：**エロ親父《おやじ》だ　￥4545**
：ちょっと不器用なところとかちょっとそれっぽい
「心外だな、聖様はテクニシャンだよ？」
：はぁー……
：今はその発言はシオンママへ飛び火しかねないぞ……
〈神成《かみなり》シオン〉：赤ちゃんになれば許そう
「ははは、諸君が余計なこと言うから聖様赤ちゃん確定だよ……」
：シオンママｗ
：これは強い
：尻に敷かれてて草

：世の中色んなことが確定するなぁ
＠性様のせいで聖《ひじり》ってキャラの呼び方が崩壊しました責任取ってください＠
「体だけでなく名前まで犯してしまうとは……自分が恐ろしいね」
：風評被害なんで名前イクイクビンビン丸に戻しましょ
：イクビン丸似合ってると思うぞ
：俺は聖様がバカ過ぎてイクイクビンビン丸を宇月《うつき》聖と読み間違えてる説を推してる
「酷《ひど》いねぇ、彼女の前でくらい花を持たせてくれないかい？」
：イクイクギンギン丸
「うーんそうじゃないかなー」
＠聖様がクスコ王国の初代国王だと知った今日この頃。ペルーの空港の名前にもなってるなんてさすがですね！＠
「名前繋がりだとこんなカステラもあったね。さては名前を読めていないのは諸君の方なんじゃないかい？」
：今調べた、こんなのあるのか……
：言語の違いによる奇跡
：（ペルーさん）すみません

@性様
16歳JKです。性様と百合《ゆり》えっち希望です。どうすればいいですか？@
「うーむ、即応したいが、聖《せい》様も直接の個別対応は難しくてね、運営を通してくれたまえ」
：運営になんてことの対応させるつもりだよ！
：彼女の前では拒否ろうよ……
：俺たちよりこいつの方が問題だろ
：そろそろ産まれさせられそう
：産まれさせられる……？
@聖様へ
あまりにも聖様が変態すぎて再び収益止まるの嫌なので組長に頼んで反省室ぶち込んで反省室配信させますよ。
いいですね（圧）@
「反省室で隠れて致すのとか最高に興奮しそうだよね。反省してますニーと名付けよう」
：絶対反省してねぇだろwww
：組長の施設でよくやるわ……

：見つかったらドスを突っ込まれそう

＠淡雪《あわゆき》ちゃんがいつまで経《た》っても初期配信を見直しません！

発案者の聖様は早く見たいと思いませんか？＠

「これね、確か聞かれても『今はその時じゃないんです』ってめちゃくちゃ謝りながら後回しにしてるんだっけ。実は聖様も気になったから、さっき聞いてみたんだよ。そしたら『見ようとした時、恥だけじゃない色んな感情が溢《あふ》れてきて、もっと適切なタイミングの時にやりたいと思ったんです。本当にごめんなさい。絶対にいつかはやります！』だってさ」

：そんなのもあったなぁ

：やってほしい……

：逃れてるだけじゃないのか

：怪しい……

：まぁ時間が経てば経つほど色々反動がでかいものではあるしｗ

「ふふっ、淡雪君のことだし、なんだかんだいつかはやるんじゃないかな。聖様からも発案者として、もう少々お待ちください。それじゃあ次が最後のカステラだ」

＠聖様

多様性が叫ばれる世の中になりつつありますね。
こんな世界にしたいという野望、要望、夢はありますか？@
「そうだねぇ……夢でいいのなら……人が人であることを認めることが出来る、そんな世界かな」

「カステラ返答やっていくよー！」

＠（前にシュワちゃんの雑談配信でマネージャー談義になった際のコメント欄で「メール文面を赤ちゃん言葉で書くようになってシオンちゃんと親友になりつつある還《かえる》マネちゃんも忘れるな」と見かけて大笑いした者です）

最近還マネちゃんとあった印象的なエピソードはありますか？＠

「そうそう！　還ちゃんのマネージャーさんとは仲良くさせてもらってるよ！　最近のエピソードだとそうだなぁ……これは最近に限った話じゃないけど、遊びに行くとかで一緒に歩いてる時に、保育園とか幼稚園とか見かけると絶対にお互い数秒間足が止まる、とかはあるかな」

：もしもしプリズンメン？

：完全に危ない人で草

:アミューズメントパークじゃねぇんだぞ
:児童養護施設凸は本当にやめてね……
:女子校見つけた時の俺と同じじゃん
「ち、違うから！　本当に数秒だけで、すぐにダメダメってなって歩き出すから！　そんな危ないこととかないからね！　その後しばらく気持ち悪い顔になったりとかしてないからね‼」
:やっぱ聖様のパートナーなんすね……
:余計なことまで自白してて草
:幼児の泣き声に涎垂《よだれ》らしてそう
＠還ちゃんの最ママがあわちゃんだったり、最近ではダガーちゃんとあわちゃんで一緒にハンバーグを作ったりと、あわちゃんの方がライブオンのママ枠っぽい気がするんですが、そこのところどう思ってますか？＠
「心音《こころね》淡雪さん、至急赤ちゃん指導室まで来るように」
:コワッ
:ガチトーンで草
:そんな闇が深すぎる部屋があるとか流石《さすが》ライブオン

：赤ちゃんを指導する部屋じゃなくて赤ちゃんへ指導する部屋なの草
：￥１１８８
「淡雪ちゃんはね、このシオンママの赤ちゃんである自覚が足らないよね。皆心配しないで？　赤ちゃん指導室で一週間程度私の指導を受ければ、淡雪ちゃんは言語を失うから」
：言語を失う
：声帯虫かな？
：これが民族浄化か
：人格浄化ではあるかも……
：ヤンデレ風シオンママ正直すこ
＠シオンママは皆のママですがシオンママのママのママはシオンママなんですか？＠
「なんかよく分からないけど、シオンママは全てのママですよー！」
：昔も似たようなこと言ってたはずなのに、なんか今は怖いな……
：全ての……？　皆のとかじゃなくて……？
：母性ガンギマリ巫女《みこ》
＠はーい常識枠（爆笑）のライバーに質問でーす。
四期生の中でそれぞれ一番扱いやすい、扱いにくいって思ったライバーを教えてくださー

い＠

「シオンママは常識枠です！　もう！　えっと、四期生への質問か。そうだなぁ……エーライちゃんはすごく機転が利《き》くというか、基本なんでも出来るよね！」

：基本（離島は除く）

：組長を島流しにするな

：普段は本当に器用な子だよね

「だから赤ちゃんにしにくい、はぁ」

：え、まさかの扱いにくい側なの？

：wwwwwww

：大逆転やめろ

「有素《ありす》ちゃんは淡雪ちゃん一筋だし、還ちゃんは赤ちゃんのくせに私のことママと認めないし……」

：四期生さぁ

：全滅で草

：これはシオンママが悪いだろ！

「もう皆手のかかる子で最高だよね！　扱いにくい子なんていないない！　シオンママは皆が

大好きなのです！」

：大大逆転やめろ

：シオンママさぁ

：いい子なんだかいいママなんだかもう分からん

＠介護って大変やなぁ……せや＠

「介護、大変なことだよね。なんだか色んな要素が絡《から》み合《あ》ってるっていうか、こんな言い方になっちゃうくらい触れにくい要素になっちゃってるから、尚更《なおさら》改善しなきゃいけない業界なのになかなかそれが進まないというか……」

：え、突然真面目になってどうしたの？

：シオンママ？

：お？　常識枠取り戻しに来たか？

「はいー？　何言ってるの？　シオンママはずっと真面目でしたよー！」

：あっ

：ロフ……

：バブー　￥50000

閑話　山谷還のカステラ返答

「山を越え、谷を越え、そしてやがて還《かえ》る場所。山谷《やまたに》還の配信にようこそ。今日はカステラを返していきますね」

：おえ

：還ちゃん？　大丈夫？　スパチャする？　￥500

：あらまぁかえるちゃんじょうずだねー！　￥200

：開き直りの挨拶じゃん

：会社という山谷から還った先で子育てまでさせる鬼畜く

：これが山も越えられず、谷も越えられず、結局還った人の姿か……

：還った先が居場所だったからむしろこれで良し

「相変わらず両極端なコメント欄ですね……＠たまにはバブリエルが公式挨拶を使っているところも見てみたい（モン狩りのはノーカンで）。＠というカステラを頂いたからやっただけです。もうこっからは普通に赤ちゃんでやるんでヨロ」
@バブリエルへ
還は赤ちゃんだといつも言っていますが、サ○エさん方式みたいに永遠に赤ちゃんなんですか？　それともいつか赤ちゃんじゃなくなるんですかね？@
「還が赤ちゃんと言っている間は赤ちゃんです。たとえ老後であろうが、還が赤ちゃんと言えばそれは赤ちゃんなのです。還が居れば老人ホームだって保育園です」
：おーおーこいつぁやべぇぜ
：君やっぱ意味分かんないね……
：なんでこんなことを自信満々に言えるのこの子？
：赤ちゃんだからな、社会に囚《とら》われない無限の発想力よ
：**パチパチパチパチ！　￥８８８８**
：社会に囚われないんじゃなくて社会から目を背けてるだけなんだよなぁ
：老人ホーム「わしって保育園だったのか」
：ババ赤ちゃん「ば……ばぶぅ……（かすれ声）」
：こいつは変人ホーム（ライブオン）から出しちゃだめだ
@バブリエルのママはシュワちゃんで、シュワちゃんのママはましろんだから、ましろん

はバブリエルのおばあちゃんってこと……!?@
「ましろ先輩に怒られますよ。そもそもライブオンの家系図を突き詰めようとするととんでもなく複雑になりそうですよね。セフィロトの樹《き》みたいになりそう」
@バブリエルの為《ため》に哺乳瓶かおしゃぶりのどちらか送ろうとしましたが気に入るか分かんなかったのでクソマロ送っとくね@
「クソマロするならママをくれ。というかバブリエル呼び浸透し過ぎじゃないですか？　還この前スタッフさんにも『バブリエルさん』って言われましたからね？　バブーって返したら還さんに戻っちゃいましたけど」
：セフィロトの樹を穢《けが》すな
：バブリエルめっちゃ語呂いいからな
：スタッフさんの件脳の理解が追い付かない……
@巷《ちまた》でシオンママとマブダチ、もとい類友と話題のマネちゃんへ一言どうぞ@
「チャットの文面読みづらいです」
：wwwww
：コラコラ！
：赤ちゃん扱いしてくれてるご厚意だぞ！

「勿論《もちろん》それ自体は嬉《うれ》しいというかありがたいんですけど、最近赤ちゃん文面が行き過ぎてもう還《かえる》ですら解読が必要なレベルなんですよ。『おっこちおっこちしてね！』が『ダウンロードしてください』って言ってるって気づいたの還すごくないですか？」

：予想以上で大草原

：これの解読は赤ちゃんですわ

：マネージャーさんと仲良さそうでママ安心する

＠ぉそこのBabyさん
リズムにのってけeveryone
ネバーランドのピー〇ーパン
オムツを穿《は》くならム一〇ーマン＠

「還がネバーランドは死にます」

：確かに

：突然のマジレスで草

：一応そこはわきまえてるのね……

「身の危険を感じることはしません、なぜなら還は赤ちゃんなので。次が最後のカステラです」

@初めて淡雪《あわゆき》さんと会った時の印象は？@

「最ママです。初対面から、そして今でも」

エピローグ

　ダガーの事件の解決から一月ほどの時が流れ、三月の風に四月の香りが混じり始めたこの頃。この日のチュリリ家には、家主であるチュリリの他に、その同期である宮内匡《みやうちただす》とダガーが訪れ、夕飯を作る為の材料の準備をしていた。

　普段であればこれは珍しい光景ではない。チュリリの生活能力の低さがきっかけとなり集いだしたこの3人組は、家事、食事、暇つぶし等を頻繁にこの場所で一緒していた。だが、ここ一週間程度は事情が変わっていた。

「匡さん、最近貴方《あなた》何をしていたの？　ここにも来ないし配信もしない、SNSも更新しない、遂《つい》には連絡もよこさないってどういうことよ？」

「まぁまぁ、そんな責めるような言い方すんなって。素直に心配してたって言えばいいんだよ」

「べ、別に心配なんてしてないわ！　想定していたスケジュールを崩されてイライラしているだけよ！」

「はいはい。でも本当に何があったんだ？　少なくとも俺は心配してたんだぜ？」

チュリリとダガーが心配の目を匡に向ける。

「………………」

だが、匡はどこか上の空な様子で、話を振られていることにも気づいていないようだった。

「匡ちゃん？」

「ちょっと貴方、本当に大丈夫？　体調でも悪いの？　というか、少し痩せてない？」

「ぇ？」

普段の活発な様子とは明らかに違うことに、いよいよ心配を隠すこともしなくなったチュリリが両肩に手を当て、顔を覗《のぞ》き込んだ時、やっと声が届いたのか、匡が反応を見せた。

「あ、ああすまない。大丈夫だ。えっと……そうそう、夕飯を作らねばな」

そう言って、ひとまずはいつもの調子に戻った匡だったのだが——

「………………」

「ちょ、匡ちゃん！　鍋吹いてる吹いてる！」

「えっ　あっ、しまっ⁉　どど、どうすれば⁉」

「とりあえず火消して！」

料理が進むにつれ、またもや匡は注意散漫な様子に戻っていた。

「匡さん、火傷《やけど》とかしてない……？」

「あぁ、大丈夫……」

「もう！　匡ちゃんは今日料理禁止！　後は俺だけでやれるからもう座ってなさい！」

いつもの匡であればありえないミス。とうとう匡はキッチンから追い出されてしまった。

テーブルの席に着き、落ち込んだ様子でため息をつく匡。

「はぁ……」

「……卒業式の後、何かあった？」

そんな匡を見て、チュリリはそう聞いた。

匡が周囲に顔を見せなくなったのは、丁度匡が通っている学校で卒業式があった、その日からだった。

（そういえば、ダガーさんの件が解決した少し後、その事が話題に上がりだした日から、少しぼーっとすることが増えていたわね……）

チュリリは三月に入って以降の匡の様子を思い出し、そう思い至った。

「…………………」

匡はまた黙ってしまう。喋《しゃべ》りたくないというよりは、どう説明すればいいのか分からないようだった。

（卒業後の進路について何かあったのかしら？　でも、このまま私達とライバー一本で続けることでだいぶ前から決まっていたはずだけど……）

様々な思考を巡らせたチュリリであったが――

「まぁいいわ。とりあえずご飯食べましょう」

今までの匡と過ごした経験から、匡がこのような時は無理に聞き出すべきではないと判断し、来るタイミングまでそれ以上の追及をすることはやめた。

「先生皿並べるの手伝ってー！」

「はいはい」

「はいは一回！」

「立場が逆じゃないかしら……？」

口ではそう言いつつも、チュリリもダガーも匡が介入する間も与えないてきぱきとした動きで完成した料理をテーブルに並べていく。

そしてそのままいつもと変わらぬ様子で食事が始まる。

「なぁ、俺ってさ、そんなに記憶喪失っぽくなかったかな？」

「政治家の記憶に無い発言と一緒よ」

「そ、それだって事実かもしれないだろ？　なぁなぁ、匡ちゃんはどう思う？」

チュリリとダガーは目線だけでやり取りを交わし、自然な流れで未《いま》だ黙りこくったままの匡に話題を振ってみる。

その優しい気遣いに気づいてか――または口に入れた料理の温かさが沁《し》みてか――あるいはその両方か――

いや、そもそもここに来た時点でもう限界が来ていたのかもしれない。

「……晴《はれる》先輩は気づいていたんだ」

「え？」

匡は抱えた荷物の重さに押し潰されるように、そう小さく言葉を漏らした。

「晴先輩は気づいていた、最初から。だから宮内に提案した」

「た、匡ちゃん？」

「全部嘘《うそ》だったんだ、正義を建前にして自分の欲望を正当化したかっただけだったんだ、その為だけに何も悪くなかったライブオンを攻撃して、ライブオンだけじゃない、それまでの全部も……あぁ、なんで……」

「おーい？　俺の声聞こえてるかー？」

「ごめんなさい、本当にごめんなさい、戻りたい、戻ってやり直したい、止めてほしかった、なんで止めてくれなかったの？　いや違う、そもそもは全部自分が悪い、何もかも、自分で恥を塗り重ねた、分かってる、もう分かってるのにどうにもならない……なんで、なんで私はあんなことを……ダガーちゃんも先生もいるのに……あぁ、もういや！　もういやもういや‼　もうもうもうもうもうもう‼‼‼‼」

「お、おい⁉　マジでどうした⁉　大丈夫か⁉」

一度体勢が崩れてしまえば、後は抵抗も出来ずに荷物に押し潰されるだけ。

ダガーは何が何だか分からなかったが、取り乱し始めた匡に慌てて駆け寄り、肩を揺らして声をかけ続ける。

チュリリはその光景を、呆然《ぼうぜん》と眺めていた。

（なんで……）

ダガーのように行動に移せなかったのには理由があった。

チュリリはダガーとは違い、匡がこうなってしまった過程までは分からずとも、今彼女がどのような状態にあるのかは分かっていた。

(なんで……匡さんが……)

そして、分かったからこそ、その衝撃で動くことが出来ない。

だが間違いは無かった。この異常なまでの過去への後悔と回帰願望、過剰な自己嫌悪《けんお》に将来への明らかなネガティブ思考。それらは全て、チュリリ自身が過去に何度も身をもって体験してきたものだったから。

「もう……どうすればいいのか分からない……」

匡はそう言うとようやく2人に向かい顔を上げた。

──不安に押し潰され、縋《すが》るような表情で。

チュリリの脳内に過去の自分の姿がフラッシュバックする。それは普段の匡という人間をよく知るチュリリにとって、あまりに受け入れがたい答え合わせだった。

(匡さんが……病んでしまった)

あとがき

『ぶいでん』の8巻を手に取っていただきありがとうございます。作者の七斗七《ななとなな》です。

この8巻ですが、ダガーが目立つ巻ということで、一冊通していつものカオスに+して、ふわふわやほのぼのといった脱力感のある雰囲気を少々意識して書いてみました。案外今までこのようなアプローチは少なかったかも。終盤のカステラ返答の三人は今回出番が少なかったライバーからの選出です。出来ればいずれ全員分やりたいですね！

本編がそうだった分、エピローグは新たな波乱を予感させるものになっています。次巻は先輩後輩入り乱れてのジェットコースターのような巻になりそうです（当然ぶいでんなので主軸はコメディですが笑）。

それと淡雪《あわゆき》があわの初期配信をいつまでも見ない件は、本当に遅れていて申し訳ないです……。元々回収する予定があったのですが、諸事情あってタイミングを失ってしまい、今後に新たな回収予定を作ったのはいいのですが、そのことに安心してしまい頭からすっぽ抜け、アニメ制作時の確認作業でやっと思い出すという有様《ありさま》でした。バカ過ぎる……。

前述の通りちゃんと今後回収予定はあるので、気になっている方はもうしばしお待ちください。

　さて、ここからは前巻のあとがきに引き続き、ここまでぶいでんを書いてきた上での気づきみたいなものを少しお話ししようと思います。

　今回お話ししたいのは『コメント』についてです。ぶいでんには当然のように最初からあったものですが、実はかなり悩んだ点がありました。それは、リアリティを重視するかどうかです。

　たとえばですが、現実の配信だと、コメントに対してコメントでツッコミを入れるなどのコメント同士での話し合いは避けた方がいいケースが多いです。そもそもコメントが流れるまでタイムラグがあるので、配信者と特定のコメントとのやり取りですら案外難しい点だったりするんですよね。

　なので、ぶいでんを書いていた初期は、リアリティを重視してこれらを作中で再現するかを悩んだんですね。

　結果的に、ぶいでんではYouTubeのコメ欄とニコニコ動画のコメ欄と掲示板のノリを合わせたものを使い、タイムラグも無くす書き方に落ち着きました。

　理由は、これが小説で表現する配信という形式において最も面白く、そして小説でしか出来ないことだと思ったからです。

完全に再現してこそのリスペクトだというご意見もあるかもしれませんが、やはりまず面白いと思っていただかないことには先が続きません。独自色が強くなった部分はあるとはいえ、Ｖの面白さをどう小説で表現するか、その前提を考えた先に今のぶいでんがあることは確かですので、ご容赦いただいた上で楽しんでいただけると幸いです。

また、Ｖモノを書くとき、この点をどう表現するかで個性を出すのはありかもしれませんね。

このように、ぶいでんは試行錯誤が絶えません。

元々は自分にとって理想のＶ箱をただただ自由に作りたくて始めたはずが、この点はどうしてこうなったって感じです……炎上の可能性もある切り忘れからヒットして始まるという展開も、Ｖの炎上に必要以上に油を投下する当時あまりに酷《ひど》かった文化へのアンチテーゼみたいな、善《よ》し悪《あ》しは別にしても自分本位の念が少しあったりしたんですよ。

ただ、これも自分だけの世界から、他者との共存の世界へと、一種の成長をぶいでんが遂げたということなのかもしれませんね。メディアミックスの機会をいただいている現在は、特に大事な点だと思います。自分一人で成し遂げられることには限界がありますから。

私は私に出来ることを、これからも頑張っていきます！

最後に、８巻の制作に協力してくださった皆様、そして応援してくださる皆様、いつも本当にありがとうございます。９巻でまたお会いしましょう。

お便りはこちらまで

〒一〇二－八一七七
ファンタジア文庫編集部気付
七斗七（様）宛
塩かずのこ（様）宛

富士見ファンタジア文庫

VTuber《ブイチューバー》なんだが配信《はいしん》切《き》り忘《わす》れたら
伝説《でんせつ》になってた8

令和5年11月20日　初版発行
令和6年6月15日　4版発行

著者――七斗《ななと》 七《なな》

発行者――山下直久
発　行――株式会社KADOKAWA
〒102-8177
東京都千代田区富士見2-13-3
0570-002-301（ナビダイヤル）
印刷所――株式会社KADOKAWA
製本所――株式会社KADOKAWA

ISBN978-4-04-075231-0 C0193 ◆◇◇

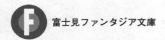

素直になれない私たちは、
”ふたりきり“をお金で買う。
STORY
週に一回五千円——それが、
彼女と交わした秘密の約束。
友情でも、恋でもない。
ただ、お金の代わりに命令を聞く。
そんな不思議な関係は、
積み重ねるごとに形を変え始め……。
気まぐれ女子高生の
ちょっと危ない
ガールミーツガール。
シリーズ好評発売中。

ファンタジア文庫
週に一度
クラスメイトを
買う話
～ふたりの時間、言い訳の五千円～
羽田宇佐《はねだ・うさ》 イラスト／U35《うみこ》
USA HANEDA

騙しあい。

各国がスパイによる戦争を繰り広げる世界。任務成功率100%、しかし性格に難ありの凄腕スパイ・クラウスは、死亡率九割を超える任務に、何故か未熟な7人の少女たちを招集するのだが――。

シリーズ
好評発売中！

ファンタジア文庫

世界最強の
“不可能任務”に挑む少女たちの
痛快スパイファンタジー！
スパイ
教室
竹町
illustration
トマリ

ティナ
四大公爵家のひとつ、ハワード家に生まれた公女殿下。なぜか誰でも扱える程度の魔法すら使うことができない。
変える
はじめましょう
アレン
公爵令嬢ティナの家庭教師を務めることになった青年。魔法の知識・制御にかけては他の追随を許さない圧倒的な実力の持ち主。
発売中！

この少年
すべてが
天上優夜《てんじょうゆうや》
異世界で
レベルアップした結果、
最強の身体能力を
手に入れた少年
シリーズ好評発売中！

チートすぎる

異世界でチート能力《スキル》を手にした俺は、現実世界をも無双する

～レベルアップは人生を変えた～

I got a cheat ability in a different world, and became extraordinary even in the real world.

著：美紅
イラスト：桑島黎音

幼い頃から酷い虐めを受けてきた少年が開いたのは『異世界への扉』だった！ 初めて異世界を訪れた者として、チート級の能力を手にした彼は、レベルアップを重ね……最強の身体能力を持った完全無欠な少年へと生まれ変わった！ 彼は、2つの世界を行き来できる扉を通して、現実世界にも旋風を巻き起こし――!? 異世界×現実世界。レベルアップした少年は2つの世界を無双する！

ファンタジア文庫

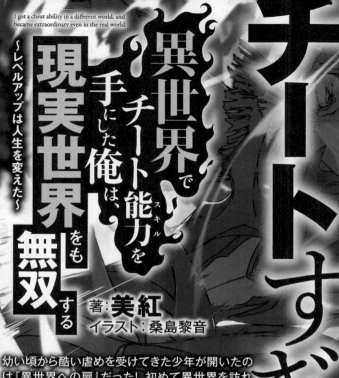

最強の初恋
シリーズ
好評発売中!
ファンタジア文庫

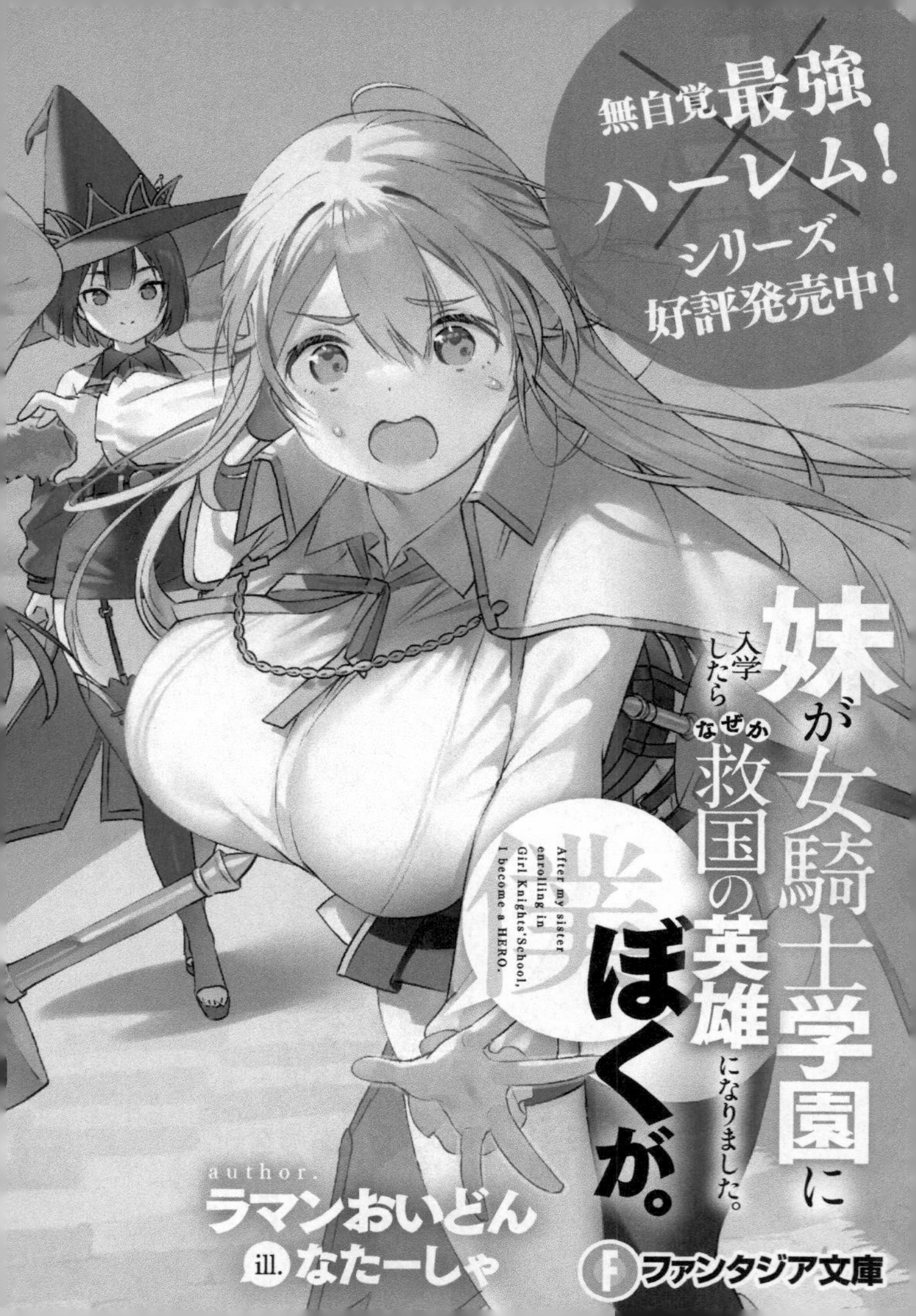

無自覚最強
ハーレム!
シリーズ
好評発売中!
妹が女騎士学園に
入学したら
なぜか
救国の英雄になりました。
僕
ぼくが。
After my sister enrolling in Girl Knights' School, I become a HERO.
author.
ラマンおいどん
ill. なたーしゃ
ファンタジア文庫

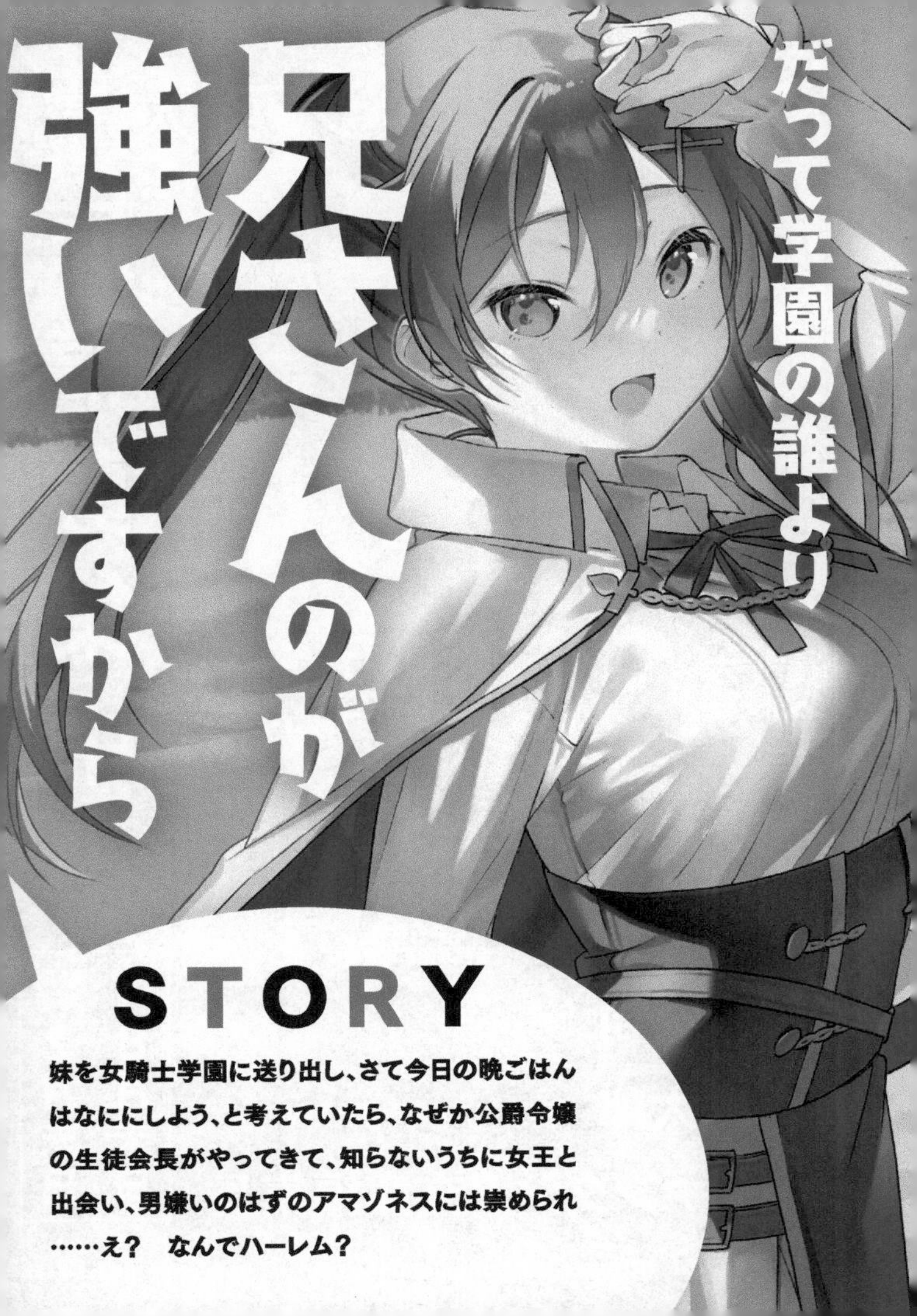
だって学園の誰より
兄さんのが
強いですから

STORY

妹を女騎士学園に送り出し、さて今日の晩ごはんはなににしよう、と考えていたら、なぜか公爵令嬢の生徒会長がやってきて、知らないうちに女王と出会い、男嫌いのはずのアマゾネスには崇められ……え？　なんでハーレム？

切り拓け！キミだけの王道
ファンタジア大賞
原稿募集中！
賞金
《大賞》300万円
《金賞》50万円
《銀賞》30万円
選考委員
細音啓「キミと僕の最後の戦場、あるいは世界が始まる聖戦」
橘公司「デート・ア・ライブ」
羊太郎「ロクでなし魔術講師と禁忌教典《アカシックレコード》」
ファンタジア文庫編集長
前期締切 8月末日
後期締切 2月末日
公式サイトはこちら！ https://www.fantasiataisho.com/